帝都上野のトリックスタア

徳永 圭

講談社
タイガ

カバーイラスト――カズアキ
カバーデザイン――千葉優花子（next door design）

帝都上野のトリックスタア

どこかから、幼子の戯れる声が聞こえていた。

それに重なるように、市電の鐘の音。帝都に降り注いでいた初夏の日射しでさえ、今は人々を見守るかのごとく、揺れる柳の葉先をちらちらと照らしている。

ごく平らかな、夕暮れ前のひととき。

——それなのに。


「ヒイッ！」

明度を失った視界の外で、誰かが悲鳴を上げた。

踏み荒らすような足音。視線の先、白い卓子《テーブル》クロスに散っているのは赤黒い飛沫《ひまつ》だ。思わず身じろぎすると、靴の下で硝子《ガラス》の破片がパキリと砕ける。

なんだよ、これ。

…………いったいなんなんだよ。


勇《いさむ》は目を見開いたまま、思考を手放しそうだった。

だが卓子の向こう、壁にほとんど身を預けるようにしてアヤが立っていた。

顔は歪み、左腕はだらりと床に向かって垂れ下がっている。右手でその肩先を押さえてはいるけれども——上着ににじんでいるあれは、血？

勇は息を詰め、まろぶように彼女に駆け寄った。持っていた白布巾《ふきん》をとっさに肩へとあてがう。

「これ……もしかして撃たれて……」

「やっぱり？」

彼女は気丈にも薄く笑ってみせたが、いつもの歯切れの良さはない。

手が震える。目の前は霞み、あらゆる音が遠のいていく。

それでも血染めの肩をどうにか縛り上げると、勇はふらつく彼女を支えて脱出した。

物陰伝いに逃げながらも、頭の中が痺れてしまっているようで――……


勇はその後、黒々とした後悔の海で長らくもがき続けることになった。

ひとたび落ちれば、底知れず、ひと筋の光も見えない真性の闇。

もし、俺の動きの何かひとつでも違っていたら。

もし、俺が選んだのが、もっと別の道だったなら。

……どうして俺は、ただの依頼人として皆と出会えなかったのだろう。

序章

目の前の三人連れの脇を、小野寺《おのでら》勇《いさむ》は逸《はや》る心で足早にすり抜けた。

「ごめんよッ」

肩がぶつかっては謝り、先へ先へと急ぐ。平日の夕刻にもかかわらず、直進できないほどの人であふれた浅草六区《あさくさろっく》は、日本一の隆盛を誇る大衆娯楽の中心地だった。

大正十年三月、帝都東京――。

勇は通りの先にそびえ立つ十二階建ての凌雲閣《りょううんかく》にも目をくれず、人波を避けるようにして裏道を走り抜ける。

初の常設活動写真館である電気館をはじめ、半円のドーム屋根が載った白亜の千代田館、帝国館に常盤座《ときわざ》、オペラ館……。明治の末からこっち、活動写真館がひしめくこの界隈《わいわい》は、色とりどりの幟旗《のぼりばた》が通りにはためいていつ来ても華々しい。

角の大友館《おおともかん》の前で懐中時計を覗《のぞ》くと、次の上映まであと十五分。

どうにか間に合った。

勇は外れかかったズボン吊《つ》りを直し、乱れた息を整えた。

そうして大友館の入り口をくぐり、緊張気味に見回すと、待合ロビーは今か今かと入場開始を待つ老若男女で賑《にぎ》わっていた。

洋装の紳士がいるかと思えば、育ちの良さそうなおぼっちゃんもいる。今ごろ舞台の袖《そで》裏では、音も色味もない活動に語りを添えるべく、フロックコート姿の活動弁士が出番を待っていることだろう。

もぎりの前では女学生たちが数人、雲雀《ひばり》のようにお喋《しゃべ》りに興じていて、みな主演男優目当てに来ているらしい、と心強さを覚えた。

——姉ちゃん、頼むから今日こそ現れてくれよ。

勇は弱気を振り払うようにして、再度懐中時計を見た。が、上映開始までもう十分もない。姉は昔から真面目《まじめ》なタチだったから、時間ぎりぎりに駆け込んでくるとも思いがたい。

今日も無駄足に終わるのか……？

唇を噛み、無意識にポケットの中へと手を伸ばしたそのとき、

「あっ！」

と近くで短い悲鳴が上がった。見回した先、人垣の向こうで尻餅《しりもち》をついていたのは代書人の桂《かつら》だ。

勇にはよくわからないが、登記だとか裁判所への書類提出だとか、小難しい仕事をしているらしい。代書人としての評判も良く、勇にも偉ぶることなく接してくれる人の好《よ》い御仁である。

桂さん、活動好きだもんな。

仕事帰りに寄ったんだろう。そう合点しながら首を伸ばすと、はち切れそうなその背広の腹には大きな染《し》み。

まるで柄杓《ひしゃく》で水を引っかけられたような、そんな汚れ方だった。

「あ……」

勇はまごつきながらも、とっさに声をかけようとした。が、

「御主人、大丈夫ですか」

いの一番に駆けつけたのは、壁際にいた三十がらみの紳士だった。

すばやく手巾《ハンケチ》をあてがった彼の髪色は、艶々した栗《くり》のように明るい。すっと通った鼻梁《びりょう》といい、睫毛《まつげ》の長さといい、どこか日本人離れして見える。達磨《だるま》体型の桂とは違って、仕立ての良い三《み》つ揃《ぞろ》いを粋《いき》に着こなしている。

こういうのをなんて云《い》うんだったか……。あア、そうだ。スマアトだ。

洋行帰りだったりするのかな、と考えるうちに、勇は紳士の陰に隠れていたおぼっちゃんに気づいた。見た感じ、俺よりいくつか年下。両手で水筒を握り締めているその額は、

今にも失神しそうに青白い。

「ぼ、僕、喉《のど》が渇いちゃって、それで」

どちらがよそ見していたのかはわからないが、彼が水筒の茶を飲もうとした拍子《ひょうし》に、運悪くすぐ近くにいた桂とぶつかった。そんなところだろう。

「あの、ほんとに僕……ごめんなさい！」

その気弱そうなおぼっちゃんは、自分も手巾を取り出すのかと思いきやそうでもなく、半端《はんぱ》に頭を下げただけでその場から去ってしまった。残された桂はぽかんと口を開けていた。

「まったく最近の若い者は……」

桂は、紳士と苦笑を交《か》わしながら乱れた背広の襟元を整えた。だがその苦笑いはすぐに引っ込んで、なぜか内ポケットを必死に探り始めた。

「財布がない！」

えっ、と勇は思わずつぶやく。

――スられた？

直後、脳裏をよぎったのはあのおぼっちゃんだ。まさかあいつがスったのか？ 故意に茶をかけて？ 衆人環視とは云わないまでも、まわりにこれだけの人の目があったのに……。

勇が眉根《まゆね》を寄せているあいだに、周囲もざわめき出す。と、そのとき、勇は自分の足元に、灰茶の男物の札入れが落ちていることに気がついた。

いつからここに？

内心ぎくりとしたものの、勇は考える間もなくそれを拾い上げていた。

「あの」

ためらいがちに一歩踏み出すと、桂はあれっと顔を上げた。

「勇くん？」

「はア。桂さん、その失《な》くなった財布というのは、もしやこれではないですか？　そこに落ちていたんですけど……」

勇が札入れを差し出すや、桂の表情がぱっと明るくなる。

「そうだ、それだよ！　――あア良かった。いつの間に落としたんだろう。中身も……うん、盗《と》られたものは何もないようだ」

そこまで見届け、一件落着だと判断したのだろう。紳士は軽く目礼だけして去っていき、桂には「礼と云っちゃなんだが」と窓口を指差された。

「きみも一緒にどうだい？　活動は良いぞ」

「いえ……有り難いですけど、その、ちょっと時間が」

元々活動を見に来たわけではないし、気になることもある。

「そうかい？　じゃあまた……おっと、もぎりが始まったな」

桂は懐から入場券を取り出すと、革のトランクケースを大切そうに抱え直し、劇場内に入っていった。

その背中を視界の端で見送り、勇は足早にロビーをあとにした。


大友館の前の通りは、相変わらず興行目当ての人々でごった返していた。

さっきのおぼっちゃんは、と周囲に目を走らせたが、それらしき少年はいない。気まずさに逃げ出しただけなら、上映直前に戻ってくるのではないかとも思ったのだが……やはり彼はスリだったんだろうか。

桂自身は、自分が不注意で財布を落としたのだと思ったようだった。しかし勇は懐疑的だった。姉の姿を探していたとはいえ、足元にははじめから何か落ちていればすぐに気づいたはず。

それよりはあの少年がスリ、なんらかの理由で持ち去るのを断念し、勇の足元に放り出していったというほうがまだ納得できた。――では、なんのために？

勇は怪訝《けげん》に思いつつも、浅草六区の外れまで来た。

すると通りの少し先に、トンビコートを羽織《はお》った男の後ろ姿があった。顔は中折れ帽で隠れているが、角を曲がる寸前に鼻筋がちらと見える。

あの男……！

間違いない。あれは大友館のロビーで柱に手巾を渡していた、栗色の髪の男だ。

持っている様子のなかったトンビを羽織り、帽子で頭髪を隠しているつもりのようだが
——俺の目を誤魔化せるとでも？

勇はふっと息を漏らすと、勢いよく地面を蹴った。

彼もあの場にいたからには、活動を見に来たんじゃなかったのか？　なのに上映直前に館を出たのは不自然すぎる。俺も他人のことは云えないけど。

太腿《ふともも》に力を込めるにつれ、景色は飛ぶように後ろへ流れた。

汗ばんだ首筋を風が乾かす。両者のあいだは刻一刻と詰まっていく。

しかし男は振り返りもせず、まるで追っ手を翻弄《ほんろう》するかのように角を幾度か曲がったのち、残陽も届かない薄暗い路地に入っていってしまった。

続けて路地に飛び込んだところで、勇はギクリとした。

「——やア」

栗色の髪の男は、板塀に背を預け、微笑《ほほえ》みながら勇を待ち受けていた。穏やかな顔つきではあったが、怪しむなというほうが無理な相談だろう。

ふと視線を下ろすと、男が提げているトランクの把手《とって》近くに羅馬字《ローマ》の刻印があって、そ

れを目にした瞬間、首の後ろあたりがぶわっと逆立《さかだ》った。

「そうか……！　あんたら、はじめっからグルだったんだな」

「あんたらとは？」

「さっきのおぼっちゃんだよ」

男のよく通る声をさえぎり、勇は低く吐《は》き捨《す》てる。

「あんたが持ってるそのトランク、桂さんが――さっきの人が抱えてたのとまったくおんなじだよな。あの人から聞いたことがあるんだ。把手のところに刻印されてるのは、英吉利《イギリス》のなんとかいう工房の印だって。そうそうお目にかかれない一級品だってよ」

偶然とは云わせないと匂《にお》わせてみるが、男は動じる様子もない。

「まずあのおぼっちゃんが茶を引っかけて、派手にスリ騒ぎを起こす。あんたはそれを気《き》遣《づか》うそぶりで近づき、桂さんのトランクを偽物とすり替える。あんたらの狙《ねら》いは財布じゃなく、最初からこっちだったんだ。だろ？」

自分には関係ないといえばそうなのだが、人の好い桂さんが騙《だま》されるのは許せない。勇は人差し指を突きつけて挑発する。

けれども、その手応《てごた》えのなさといったら人形でも相手にしているかのようで、男はむしろ、こちらの一挙手一投足を観察し、何やら面白がっているかにも思えた。戦利品よろしく、トランクを見せびらかしながら。

「なア、あんたら何者なんだよ。わざわざ偽のトランクまで用意して……。おい、なんとか云ったらどうだ!」

語気を荒らげると、男は「ふむ」と顎《あご》を撫《な》でた。

「きみのほうこそ、たいしたものじゃないか」

「はア⁉」

「よくあの場面だけで僕を覚えていたね。僕はこれこのとおり、コートを羽織ってさっさと失敬するつもりでいた。この髪がまア、悪目立ちするきらいはあるんだが、こうして襟を立てて帽子を被《かぶ》ってしまえば支障はない」

きみからも見えなかったろう、と男は中折れ帽を脱いだ。澄んだ緑の瞳《ひとみ》にじっと覗かれ、勇は顔を背けて黙り込む。

「普通、僕みたいにわかりやすい特徴があると、他の部分はかえってうろ覚えになるものだよ。それでなくとも服が替わるだけで、人の印象というものはがらりと変わる。だというのに、顔馴染《かおなじ》みならいざ知らず、あの場で行き合っただけの僕をここまで追えるだろうか。僕の顔が見えたのだとしても、先刻角を曲がった、あの一瞬しかなかったんじゃないかい?」

「……ふん」

おだてて逃げようったってそうはいくかよ。

しげしげと眺《なが》め回してくる男を睨んだまま、勇はふと思いつき、「あの女」と通りのほうを親指で示した。

日が陰り始めた道をちょうど歩いていたのは、絣《かすり》の着物を着崩した中年女である。

「あの女性が何か？」

「さっき俺が大友館に着いたとき、入れ違いにロビーから出ていった女だ。ひとつ前の回の客だったんだろうな。目は二重で、鼻はちょいと大きめの鷲鼻《わしばな》。唇《くちびる》は薄くて、口を開けると少しだけ八重歯が覗く。耳に近い左の頰《ほお》にふたつホクロがあって……。あア、それからあっちで見世物小屋を覗いているあの禿《は》げ親父《おやじ》も、さっきは宮乃座《みやのざ》の前で煙草《たばこ》を吹かしていたな。走りながら見かけただけだけど、右のこめかみに蝶《ちょう》みたいな形のアザがあるはずだ。ほら、見てみな。今親父が袂《たもと》から出した引き札──」

勇は軽く顎をしゃくった。「『今後の演目』云々《うんぬん》とあるけど、あれは宮乃座のものだろう？」

男は驚いた様子で、色素の薄い目をゆっくりと瞬いた。

「きみは普段から、他人をそんなに観察しているものなのか？」

「観察というより……そうだな、俺自身がカメラになってる、って感じかな。俺は一度見た光景は忘れない。理由はわからないし、物心ついたときにはすでにこうなってたけど、写真に収めたみたいに目に焼きついちまうんだ。人相も然《しか》りだよ。信じてくれなくて構わないけどな」

どうせこいつも、法螺吹《ほらふ》きだのなんだのと小馬鹿《こばか》にするんだろう。

勇はうんざりした気分で口を閉じたのだが、男は意外にも、真面目くさった顔でこぼした。

「"The magician of Connecticut"……」

「え？」

「……いや、そういう事例を聞いたことがあるんだ。僕が米国にいたころ、風の噂《うわさ》でね。コネチカットの片田舎《かたいなか》に天才絵師がいる、と。その画家もきみと同じく、一瞬で目の前の光景を覚えて、精密画のごとく再現するんだそうだ」

「ふぅん。俺だけじゃないってのは初耳だけど、他人のことはどうだっていいよ」

勇は小指で耳をほじり、邪険にあしらってやった。男は瞬き、「失礼」と引き下がる。

「突然申し訳なかった。非常に興味をそそられるんだが、それはおくとして……。きみにそういう特技があるなら、敵に回したくはないなア。とくに僕らみたいな仕事をしてるとね」

仕事？

勇は我に返り、男の持つトランクに目を走らせた。

すかさず渾身《こんしん》の力で体当たりし、男がよろけた隙《すき》にトランクを奪い取る。代書人という桂の職業柄《がら》、狙われたのは重要書類のたぐいだろうか。

だとしても全部、俺が取り返してやる！

飛び退るように間合《しさ》いを取り、焦る手つきでトランクの錠前を開ける。

「――は？」

ところが、ばらばらと地面にこぼれ落ちたのは、手持ち型ブラシにワックス缶、箒《ほうき》の絵が描かれた蓋《ふた》付きクリーム……。いたって平凡な、使い込まれた掃除道具一式だった。どう見ても重要品ではないし、桂の持ち物でもなさそうだ。

「何か見つかったかい？」

「そ、それは」

「綺麗《きれい》なものでなくて申し訳ないが、長年愛用してきた仕事道具でね」

男はうろたえる勇ににっこり微笑み、散らばったものを拾ってトランクにしまっていく。

「待て！　どこへやった、桂さんのトランクを――」

トンビコートの背中に向かって怒鳴《どな》るも、うんともすんとも返ってこない。

畜生、こっちは真剣だっていうのに虚仮《こけ》にしやがって！

「……人ってぇのは、まっすぐ向き合ってこそだろ」

勇は思わず小声で愚痴《ぐち》った。するとなぜだか、整った顔がハッとこちらを向いた。

にもかかわらず、男は何か云いたそうにしたままトランクを持ち上げると、「では」と角の向こうに消えてしまった。

結局何がどうなったのやら……狐《きつね》か狸《たぬき》にでも化かされたようだ。

勇はしばらく路地の出口をぽかんと眺めていたのだが、ふと見下ろした先、男が立っていた板塀の根元に、小さな箱のようなものが落ちているのに気づいた。

拾い上げてみれば、近年流行《はや》りの宣伝用燐寸《マッチ》である。

『帝都を美しく』――

「……『大日本《だいにっぽん》クリーンサービス』？」

モップをかたどった図案の上に書かれた、横書きの文字。男のトランクを奪って開けたとき、中からこぼれ落ちたのかもしれない。

勇は燐寸箱を握り、瓦斯灯《ガスとう》の点《とも》り始めた通りに飛び出した。

目をすがめ、男の消えた先を見据えてみたものの、釈然としない思いは胸から消えなかった。

1章

尻《しり》を浮かせて座り直すと、肘掛《ひじか》け椅子《いす》がぎしりと鳴った。

ここは上野。カフェー浪漫亭《ろまんてい》の奥に間借りしていると思われる、小さな事務所である。

広小路《ひろこうじ》で市電を降り、目印となるカフェーを探してたどり着いたのが十五分ほど前のこと。通りの裏手に『浪漫亭』の看板を見つけた勇《いさむ》は、緊張しながらも表の扉をくぐったのだが、中にはそれらしき人間も事物も見当たらなかった。

他のめぼしいカフェーはどれも不発で、ここが最後の望みだったのだが……。するとそのとき、勇のもの慣れない挙動を不審に思ったのか、窓際でレモンティーを飲んでいた女学生がちょいちょいと手招きをした。

——あなた、掃除屋のお客さん？

掃除屋、という言葉にどきっとする。髪をおさげにしたその女学生は、慣れた様子からしてここの常連客らしい。

——約束はなさってるの？

——あ……あア、はい。この時間に事務所に来るように云われたんですが。

——えっ、事務所に？　ここのカフェーでなくて？

——え、ええ。定期清掃のことでちょっと相談があって……。

怪訝そうに覗き込まれて、背中に冷や汗がにじむ。

だが、親切な女学生はにこっと笑顔を見せると、ひらひらした白前掛けの女給長らしき店員に取り次いでくれた。女給長も女給長で、「お約束がおありなんでしたら」とまったく興味なさげに勇を一瞥《いちべつ》すると、店の奥にある勝手口のような扉を開けたのだった。

壁一枚隔《へだ》てたそこは、想像していた事務所とはかなり違っていた。

窓際には執務机がひとつ、その前には年季の入った卓子《テーブル》や応接ソファーがある。扉を入ってすぐ、壁にずらりと立てかけられた掃除用具にまず面食らったのだが、何より異彩を放っているのは部屋の奥の一角だった。

衝立《ついたて》の向こうに転がってるあれ……見間違いでなければ、たぶんはんだごてだよな？

申し訳程度に衝立で仕切られてはいるものの、その他にも螺旋《ネジ》やら座金やら、鳥の巣状の針金《ワイヤー》やら、そこだけ実験室にでもなっているんじゃないかという散らかりようだった。

金属でできた謎《なぞ》の工作物もある。

——所長？　はア、ウィルさんのことですか？　さっき切手を買いに出ていかれましたけど……そろそろ戻ってくるんじゃないですかね。お掛けになって待たれてはいかがですか。

そう淡々と女給が云ったとおり、事務所の扉はいくらも経たずに再度開いた。

「やアやア、お待たせしてしまって」

陽気な声とともに入ってきたのは——勇の予想どおり——半月前に燐寸《マッチ》を落としていった男だ。大友館《おおともかん》で会ったときと同じく、今日も三つ揃いの背広姿である。

「おや、きみは」

中折れ帽を壁に掛け、勇の顔を見下ろした彼は、さも意外そうに目を瞬いた。こちらのことを覚えていたようだ。多少わざとらしく見えたが、話が早くて助かる。「小野寺《おのでら》勇と云います」と頭を下げ、先日の非礼を詫《わ》びる。

「今日はどんなご用件かな。というより、どうやってここを?」

「それはですね……」

勇はズボンのポケットを探り、「これです」と件《くだん》の燐寸を取り出した。

「あア、このあいだ落としてしまったのか。ならば清掃のご用命だね」

男はあくまで白を切るつもりらしかったが、今日は誤魔化されてやる気など毛頭ないのだ。

燐寸箱を握り締めた勇に気づかず、男は室内にぐるりと目を這《は》わす。

「ご覧のとおり、うちはカフェーに間借りするしがない清掃会社でね。——と、申し遅れました。僕は所長の若槻《わかつき》です。若槻・ウィリアム・誠一郎《せいいちろう》」

「うぃりあむ？」

「亡き祖父が米国人だったんですよ。その彼からミドルネームをもらって、僕もウィリアム。こんな容姿だからか、若槻よりウィルと呼ばれることが多いですね」

柔和に微笑みながら差し出された名刺にも、『若槻・W・誠一郎』とある。

名刺を無言で見つめる勇をどう思ったのか、ウィルは軽く咳払《せきばら》いすると、よどみなく説明を始めた。

明治の開国以後、洋風ホテルが増加し続けていること。しかし当然、洋室には洋室に適した清掃方法があり、それらの知識や経験はまだ充分とは云いがたい。そのため我々大日《だいにっ》本《ぽん》クリーンサービスは、洋風ホテル向けに、高度な技術を持った客室清掃員を派遣している——と、大ざっぱに云えばそんな感じだった。

「しかしあなたは、こう云っては失礼だが……」

「ホテル関係者には見えない？」

「ええ」

そりゃそうだろうな、と皮肉な気分で思う。洋風ホテルなんぞ、泊まったことはおろか足を踏み入れたこともない。

「——『お困りの際は私書箱九九九号へ』」

唇を湿らせ、意を決してつぶやくと、ウィルの顔から笑顔がかき消えた。

やはり……！

根も葉もない噂じゃなかったのだ、と勇は確信した。

先日燐寸を拾ったあと、勇は大日本クリーンサービスについて徹底的に調べることにした。ウィルやあのおぼっちゃんは何者なのか、目的はなんなのか。

あれだけ振り回された手前、意趣返しのようなつもりもあったのだが、清掃業と聞いて思い出されるのは近年巷《ちまた》で囁《ささや》かれているある噂だった。

『夜闇《よやみ》に紛《まぎ》れ、庶民の悩みを一掃してくれる謎の組織があるらしい』――。

その名も通称、〝帝都の掃除人〟。

依頼の手紙を書き、東京中央郵便局の私書箱九九九号宛《あ》てに投函《とうかん》すると、極めてごく稀《まれ》に――彼らに認められた場合にのみ――なんらかの形で接触がある。かならず聞き入れてもらえるわけではないから、ほとんど神頼みの域だともいう。

真偽も不明なら、噂の出どころもわからない。ただの与太話だろうと勇は聞き流していたのだが、それにしては散発的に、方々から耳に入ってきていた。

もしやあの栗色の髪の男が、その〝掃除人〟なんじゃないか？

勇は燐寸の存在に心強さを得、その噂を口にしていた知人らに子細を尋《たず》ね回った。そしてついに先日、〝知人の知人の知人〟という青年が、かつて実際に彼らに助けられたことを知った。

何を依頼したのか、詳しくは教えてもらえなかったのだが、青年は勇の必死さを見かねたのだろう。別れ際にぽつりと云った。

――上野のカフェー。

それで今日、勇は燐寸箱を握り締め、ぎゅうぎゅう詰めの市電を乗り継いでここまで来たというわけだった。

「なるほど」

執務机に腰を預けていたウィルは、聞き終えると静かにつぶやいた。「それにしたって、軽々しく通してもらっては困るなア」

約束が本物かもわからないのに、と小声でぼやいている。

勇にしても確証のないまま押しかけてしまったが、カフェー浪漫亭の奥が組織の事務所であるのは本来秘密なのだろう。依頼人と会うだけなら表のカフェーで充分こと足りる。

「――あれから考えたんです。いや、思い出したというほうが正しいか。あのトランクにあった掃除道具……あのときはまんまと騙されましたけど、あれ、大友館を出たところでさらにすり替えてあったんですよね？」

「……どういうことだい？」

「今日ここへ来るまで、確信はなかったんですけどね。でもあなたはさっき、この会社のことを『我々』と――『我々大日本クリーンサービス』と呼んでいた。そう云うからには、あのおぼっちゃん以外にも仲間がいるかもしれない。で、思い出したんです。そういえば大友館を出たとき、すぐ裏の路地に着物の女がいたな、と。背中しか見えなかったけど、羽織《はおり》の中に抱き込んでしまえばトランクを隠すくらい造作もない」

薄日を弾《はじ》いて緑がかって見える瞳を、勇はじっと覗き込む。

「つまり――路地裏にいたその女が、桂《かつら》さんから奪った本物のトランクをあなたから受け取り、先にずらかった。入れ違いにあなたに託したのが、例の掃除道具入りのトランク。囮《おとり》になったあなたに俺が追いついたころには、本物はとっくにどこかに運ばれていたんでしょうね。中身がなんだったか、それは知りませんけど、一級品のトランクでさえ偽造できるくらいだ。その精巧さで書類だの帳面だのも偽物にしてしまえば、桂さんにもそうそう気づかれない。ねえ、どうです。違いますか?」

勇は上目遣いにウィルを睨《にら》んだ。彼は表情もなく沈黙を保《たも》っている。

しかし彼はそのうち、ふ、と苦笑を漏らした。

「……思ったとおりだ。きみの目はやはり厄介だな」

そう云うわりには、さして驚いている様子もない。こちらの用件など、はじめからお見通しだったのだろう。

「そうだな。この際だから、ふたつだけ訂正しておこう。まずひとつ。僕らは〝夜闇に紛れ〟ているつもりはないよ」

世を忍んでいるのは本当だけれど、と彼は片目をつぶってみせた。

「それから、きみが云うところの〝本物〟のトランク──それを現在持っているのは桂氏だよ」

えっ、と勇は瞠目《どうもく》する。

「種を明かせば、きみが大友館に到着したとき、桂氏が持っていたトランクこそが〝偽物〟でね。彼が職場から大友館へ向かっている途中、市電の中で本物とすり替えさせてもらった」

「それじゃ、大友館では」

「拝借していた本物を持ち主に返した。それだけだよ。中身も検《あらた》めさせてもらっただけだし、財布と同じく、桂氏に不都合なことは何もない」

こちらの狼狽《ろうばい》を面白がっているのか、ウィルは「安心したかい?」と含み笑う。

「け、けど! なんでそんなまどろっこしいこと……」

「さぁて、それはご想像にお任せしようか。きみとて、伏せておきたいことくらいあるだろう?」

人差し指を立て、そううそぶいた男は役者のように気障《きざ》ったらしく、勇は激しい反発を覚えた。

桂さんへの心配は要らなかったようだが、こいつらはやっぱり胡散臭《うさんくさ》い。殊勝《しゅしょう》にしていればまだしも、水面下でやりたい放題なのも気に食わない。

だがしかし、盗《ぬす》っ人《と》同然だろうと嫌悪感が先に立とうと、彼らに頭を下げねばならない理由があるのもまた事実なのだった。

『お困りの際は私書箱九九九号へ』

……もう、二年も経ったのか。

勇は天を仰ぎ、束《つか》の間瞑目《まめいもく》して気を静めると、ウィルを挑むように見た。

「姉の捜索――あなた方にお願いできますか」

＊

勇の両親が死んだのは、今から十四年も前のことだった。不治の病《やまい》と恐れられていた結核に相次いで冒されたのだが、それで残されたのが、当時数えで三つだった勇と七つ上の姉。

姉はわずか十にして親代わりになり、叔母の助けを借りながらも、両親の記憶すらない勇を懸命に育ててくれた。

楽な暮らしだったはずがないのに、勇が思い出せる彼女はいつでも笑顔だった。ときに厳しくはあったが、そこには愛情もまたにじんでいて、勇がべそをかくたび、涙が引っ込むまで頭を撫でてくれた。そのあたたかな手でそっと包まれると、擦《す》り剝《む》いた箇所でもたちまち楽になったものだ。

どうして辛い顔ひとつ見せず、つねに心優しくいられるのだろう。

幼心《おさなごころ》に不思議に思うほど姉は完璧《かんぺき》で、そして勇の誇りそのものだった。

一方、勇はというと、自他ともに認める尋常小学校一の問題児だった。血の気の多さ、鼻っ柱の強さが災《わざわ》いし、上級生と取っ組み合いの喧嘩《けんか》をするのも日常茶飯事だった。

その結果、授業は出席すればいいほう、落第しないのがやっとというありさまで、卒業後に一銭食堂で働き始めた姉にもずいぶんと肩身の狭い思いをさせた。

――みなし児《ご》！　この襤褸《ぼろ》まとい！

そう云って囃《はや》し立《た》てられる屈辱もさることながら、それを否定できず、姉に慰められるしかない自分がとにかく歯痒《はがゆ》かった。

そんな勇でも、校長の計らいでどうにか高等小学校までは卒業できた。陰口に耳を塞《ふさ》ぐ術《すべ》を覚え、死にものぐるいで勉強して、地元の実業学校にも合格した。

俺が一人前の男になったら、苦労をかけたぶん姉ちゃんに楽させるんだ――。

そんな決心を固めつつあった矢先に、しかし、姉は突然失踪《しっそう》したのだった。

書き置きのたぐいは何もなく、姉が行方をくらます理由は勇にもわからなかった。その一週間前、近所から分けてもらった小豆で赤飯を炊《た》き、勇の実業学校合格を自分のことのように喜んでくれたばかりだった。

——そういえば、あの子と親しげにしてた客の男がいたわねぇ。いやに垢抜《あかぬ》けてるんで噂になってたのよ。あの子目当てに帝都から通ってるらしい、って。

しばらくののち、食堂の常連からその話を聞き出した勇は、すぐさま東京市内にまで捜索の足を伸ばした。頭にあったのは〝駆け落ち〟の四文字だ。

考えたくはないけど——姉ちゃんが俺を置き去りにするほど男にのめり込むとは思えなかったけど——それでも二十二ともなれば男のひとりやふたり……いやまア、ともかく、姉の交友関係を勇はほとんど知らなかったのだった。

勇は思い切って実業学校を退学し、田畑の広がる武蔵野《むさしの》から帝都に移り住んだ。

そして日銭を稼ぎながら姉を捜し続けたのだが、なんの手がかりも得られないまま時間だけが過ぎていった。

生きているのか、それとも事故にでも遭って死んでしまったのか。最近巷《ちまた》でよく聞く、私立探偵とかいうものにも頼んではみたものの、杜撰《ずさん》な調査で儲《もう》けようとする輩《やから》ばかりだった。残ったのは失望だけだった。

「そうこうするうちに二年も経って、捜すあてもなくなって……」

「なるほど。ではあの日、活動を見に来たのは気分転換のために？」

「んなわけ……！　……あ、いや、すんません」

つい大声で噛《か》みついてしまって、気まずい思いで謝る。

「興味なくはないですけど……姉ちゃんがまだ郷里にいたころ、あの主演俳優のことを『素敵ね』って何度か云ってたから。それで、もしかしたら見に来るんじゃないかと思って連日張り込んでただけです」

だが、その上映も先週で終わってしまい、またもや成果なしだ。

「ではその他に、この二年で得られた情報は？　ささいなことでも構わないよ。その駆け落ち疑惑の相手について、とか」

「あア……あの食堂の男ですか。そいつは無関係だと思いますよ」

「ほう？」

今思えばですけど、と勇は首を振る。

勇もはじめは、駆け落ちを疑っていた。それでわざわざ上京したのだが、あとから知ったところによると、その男は姉の失踪後も何度か店に来ていたようだった。

「もし本当に駆け落ち相手だったら、店にまた顔を出すなんてできませんよね？」

「騒ぎになっているかどうか、様子を見に来た可能性はあるがね」

ウィルは用心深く云って長い脚を組む。

「でも――ただの駆け落ちだったんなら、落ち着いたあとでいくらでも連絡できるじゃないですか。小さいころから、叔母が死んでからはふたりきりの家族だったのに、その俺を姉が見捨てるはずがないんです。事故とか、事件とか……何かはわからないけど、絶対に何かあったんだ」

声を絞ると同時に鼻の奥が痛んで、勇はずびっと洟《はな》を啜《すす》った。手巾《ハンケチ》を差し出されたが、それは遠慮した。

「……あア、そういえば」

くたびれた女の顔が瞼《まぶた》に浮かんだのは、気恥ずかしさに視線を泳がせたときだった。あれは年の暮れだったから、ふた月、いや、三月《みつき》ほど前か。新橋から神田の下宿に帰ろうとして、その途中で見かけたのだ。姉の高等小学校時代の友人を。

「たしか名前は〝後藤田《ごとうだ》ミツ子《こ》〟だったと思います。姉は〝ミッちゃん〟と呼んでました。卒業と同時にどこかへ越したらしくて、俺では所在がわからなかったんですけど」

夕刻の人混《ひとご》みの中、市電の停留場にたたずんでいた彼女。その羽織の背中を思い出す。

──ミツ子さん？　そうですよね？

勇は彼女に気づくや急いで駆け寄った。振り向いた彼女はというと、警戒半分、不安半分といった風情で勇を見返した。

──俺、小野寺です。小野寺勇。姉と一緒に遊んでもらいましたよね？

勢い込んで続けたとたん、あっ、とミツ子の口が開いた。

――あなた、そう――お姉さんは――。

見開かれたまま、瞳がさまようように揺れる。彼女はそのとき、たしかに何かを云いかけたのだと思う。

けれども折悪《あ》しく、四つ辻《つじ》の向こうから市電が近づいていて、彼女の頼りない声は軋《きし》んだ停車音にかき消された。

乗り遅れまいと、停留場に殺到する乗客たち。我先にと降りようとする降車客。うねるような人波に揉《も》まれながら、勇は「ミツ子さん！」と手を伸ばした。だが気づけば、彼女がいたのは昇降口の上。他の客に押し込まれたのだろう。

――待ってください！　訊《き》きたいことが……！

とっさに叫ぶも、再度動き出した車輪は止まらない。それで結局、勇は他の乗り損《そこ》なった人々ともども、遠ざかっていく影を悄然《しょうぜん》と見送るしかなかったのだった。

「……何かの足しになるでしょうか。こんな情報でも」

まざまざとよみがえった悔しさをこらえながら、勇は絞り出すように訊いた。

この広い帝都でやっと出会えた、唯一姉を知る人物。なのに、と自分を責めるあまり、あの夜はまんじりともできなかった。そんなことまで思い出す。

「もちろんだよ。そのミツ子という女性、学生時代の友人だということは、姉君の行方についても何か知っているかもしれない。今の居所を知っていてくれれば一番助かるんだがね」

「それじゃあ、あの……」

緊張のせいか、情けなくも語尾が掠《かす》れた。

「なんだい？」

「捜してもらえるんですか」

「僕はもうそのつもりだったけれど」

栗色の前髪の奥で、ウィルは穏やかに目を細めている。

「僕たちはできる限り、悩める庶民の味方でいようと思っている。人員的に、他の手段で解決できそうなものは断らざるを得ないんだが、それでもその気持ちに変わりはないよ」

これまた歯が浮くようなことを――。

つい鼻白んでしまうが、トランクの一件といい、囁かれ続ける噂といい、腕は立つのに違いない。

「だがひとつ、あらかじめ云っておこう。全力は尽くすが、かならず見つけ出すとまでは約束しかねるよ。二年もの月日があれば、たいていのことは起こりうる。調査の結果、どんなことが判明したとしても、それを受け止める覚悟は持っていてほしい」

勇はウィルの視線を受け止め、「云われるまでもないです」と深く顎を引いた。

事件や事故に巻き込まれた可能性だってあるのだ。すでにこの世にいないかもしれない、と仄めかされたところで今さらだ。

それでも、俺は真実を知りたい。知っておかなければ、と云い聞かせるように噛み締める。

だって俺と姉ちゃんは、たったふたりの家族なんだから。

ウィルがうなずき返したのを見届け、勇は詰めていた息を吐き出した。そのとたん、身体《からだ》の芯《しん》から力が抜ける。思っていた以上に気を張っていたらしい。

「あー疲れた！」

するとそのとき、勇が椅子に背を預けるのを阻止するかのごとく、背後で大きな声が響いた。

ぎょっと振り返ると、視界に飛び込んできたのは洋装の若い女だ。荒々しく扉を閉め、我が物顔で事務所に入ってくる。

入念に施された化粧に、膝下《ひざした》までのすとんとした服（わんぴーす、とか云うんだったか）。文明開化から半世紀が過ぎ、男の洋装は今やありふれているけれども、洋装の女をこれほど間近で見るのははじめてだった。髪は流行りの耳隠しどころか、耳の下で大胆に切《き》り揃《そろ》えた断髪だ。

ここの事務員だろうか。

職業婦人も年々増えているとはいえ、こんな大胆な格好では同性からも顰蹙《ひんしゅく》を買うんじゃないか？

勇は面食らいつつ、姉ちゃんぐらいの歳《とし》かな、と考えを逸《そ》らしていたのだが、

「あら、あなた。お久しぶりね」

「は？」

「あたしのこと探し回ってくれてたじゃない」

女は不敵な笑みを浮かべて勇を見下ろした。

んんん……？

勇は眉をひそめる。まじまじと眺めるうち、頭から血の気が引いていく。

「えっ……あーっ！」

思わず立ち上がると、口が勝手にぱくぱく開いた。

この女、あれだ。あのおぼっちゃんだ。このあいだ活動写真館で水筒の茶をぶちまけた、気弱そうなおぼっちゃん！

「ウィルに聞いたわよ」

「な、なんでしょう」

「あなた、一度見たものは写真みたいに頭に残せるんでしょう？　そのあなたの目を欺《あざむ》けるなんて、さっすがあたし。ますます自信ついちゃった」

「彼女は長沼《ながぬま》アヤ。うちの一員だよ」

取り持つようにあいだに立ち、ウィルが紹介する。

「彼女はきみも見たとおり、変装の達人《エキスパート》でね。彼女がうちに来て以来、任務中の変装が見破られたことは一度もない。本業はまた別にあったんだが……」

「趣味が高じてってやつね。あたし、お洋服もお化粧も大好きなの」

云い添える本人は上機嫌だが、勇は愕然《がくぜん》とする。

う、嘘《うそ》だろ。いくら変装されていたとはいえ、この俺がすぐに見抜けなかっただなんて。顔の見分けには絶対の自信があったのに……。

するとウィルは、そんな勇を不憫《ふびん》に思ったのか、なだめるように肩に手を添えた。

「落ち込む必要はない。彼女の変装を見抜くのは、帝国密偵養成学校を出た僕でも至難の業だからね」

「密偵養成学校……？」

「あア。これから先は軍備増強のみならず、情報が外交の要《かなめ》となると云われている。その任を負うべく設立された、国による人材育成機関だ。むろん、存在を知るのはごく限られた者だけだが」

「すごい。そんな学校が――」

「実はあるんだ。数年前に横須賀《よこすか》に移転したようだが、僕のころは九段にあってね。いや、懐《なつ》かしいなア。僕もひと昔前には、そこで級友たちと机を並べて日々切磋琢磨《せっさたくま》していた。過酷な課題をこなしながら、好敵手と呼ぶにふさわしい彼らと肝胆相照らし……」

「ちょっとウィルぅー。こないだはあなた、〝代々薩長《さっちょう》に仕えた間者の末裔《まつえい》〟って名乗ってたじゃない」

――――え？

「そうだったかな」

「そうよ。あなた、作戦はいつもみっちみちに立てるくせに、そういうところは緩いんだから」

アヤが呆《あき》れ顔《がお》で云う。「こういう生意気そうな子、からかいたくなるのもわかるけど、設定は一貫させときなさいよね」

生意気？

勇はあんぐりと口を開いて固まる。からかわれていたのは俺、ってことか？

「……えぇっとぉー。確認なんですけど、さっきの密偵なんちゃらっていうのは……」

「嘘よ、嘘。真っ赤なでたらめ」

「じゃあその、さっき話に出てた、『別にあった本業』ってのは」

「あア、アヤのかい？」

「そっちは本当。結婚詐欺《さぎ》よ」

彼女は小首をかしげ、すっと瞳を細める。そのとたん、えも云われぬ艶《つや》が浮かんでドキッとした。けれども、肝心の答えは物騒極《ぶっそう》まりない。

「てことは、ウィルさんももしかして、その、結婚詐欺を……」

唾《つば》を呑《の》み込み、地獄の淵《ふち》を覗くような気分で尋ねると、彼は栗色の髪を揺らして笑った。

「いやア、僕には無理だよ。僕の専門は、そうだなア……信用詐欺とでも云っておこうか。だけど僕も〝元〟だよ、〝元〟。足はとっくに洗ってる」

――元とはいえ、結局は詐欺師なんじゃないか！

ふうっと気が遠のきかけ、蹲《うずくま》るように頭を抱えたが、アヤは「あらやだ」と嬉々《きき》として彼に絡んでいった。

「あなた、潜入だの金庫破りだの、いけ好かないくらい器用になんでもこなすんだもの。女を引っかけるくらいわけないでしょ」

「必要とあらば、まア……。だが気は進まないな」

「いけるわよぉー。今度やってみなさいよ」

「きみが面白がりたいだけだろう？」

……なんだこの会話は。

勇は目眩《めまい》をこらえ、眉間を揉み込む。

彼らの他にどんな構成員がいるのか、組織はどれほどの規模なのか。まだわからないことだらけで正直、白日夢でも見ているみたいだとも思う。

だがしかし、自分の想像がもし正しければ、この組織にいる連中は皆ことごとく元・詐欺師なんじゃないか？　共通点はおそらく、なんらかの理由で改心したことだ。今は心機一転、こうやって人助けをしているようだけど……それでどこまで信用できるのかは未知数だった。すでにさんざん騙されたし。

「さて」

ぱんと膝《ひざ》を叩《たた》く音がして、勇はぎくりとした。

「ではさっそく、本日から姉君捜しを始めようか」

「あたしたちが引き受けてあげるんだもの、どーんと大船に乗ったつもりでいて頂戴《ちょうだい》よね。ふふっ」

まるで退路を断つように笑顔で迫られ、片頰が引きつった。

なんとしてでも姉を見つけ出したい、というのは嘘ではない。そう、嘘ではないのだが。

あア、姉ちゃん。

こいつらに頼んで本当に良かったのか——⁉

2章

四日後、午前十一時。勇《いさむ》はウィルに連れられ、御茶ノ水《おちゃのみず》近くにあるミルクホールの向かいにいた。

通りの角に建ち、窓を大きく取ったその店内は、飲み物や軽食を楽しむ若者で賑わっている。新聞を読み込んでいる青年に、シベリヤを頬張りながらお喋りする女学生。文化人の溜《た》まり場《ば》となっている銀座のカフェーより、いくらか雰囲気が若々しい。

「せっかくだからゆっくりコーヒーでも……といきたいんだがね。今日は辛抱してくれたまえ」

ウィルは中折れ帽の具合を直すかたわら、隣で飄々《ひょうひょう》と云った。

「もちろんです」

そううなずきはしたものの、勇の表情は硬い。あまりに急転直下な展開に、気持ちが追いついていないのだ。

ミツ子が見つかった、とアヤが下宿に突然現れたのは昨夜のことだった。彼らの事務所を訪ねてから、まだたったの三日。

まさか、と乾いた笑いを漏らした勇をよそに、彼女は一枚の写真を掲げた。

――ほらこれ。後藤田《ごとうだ》ミツ子で間違いないでしょう？

――え、ええ……。

やや垂れた細い眉に、左顎の小さなシミ。控《ひか》えめにまとめた庇髪《ひさしがみ》も、歳のわりに落《お》ち窪《くぼ》んだ目元も、三月前に見かけた彼女となんら変わっていない。

――ん、なら良かった。うちの調査員って優秀よねぇ。彼女、御茶ノ水のミルクホールの常連なんですってよ。さっそく明日面通ししましょ。いい？

そう云ってアヤに半《なか》ば無理やり約束させられ、こうして出てきたものの……勇は右隣のウィルを盗み見、もやついた気分になった。

この三ヵ月間、市街に出るたび目を光らせ、主要な駅や繁華街は探し尽くしたというのに――

「俺でも見つけられなかったんだぞ、って悔しい？　あんた自信過剰っぽいしね」

ぎょっと振り返ると、面白がるようにこちらを眺めていたのは、絣のハンチングを斜《はす》に被った小柄《こがら》な少年。

おまけに足元には、背負い紐《ひも》つきの謎の木箱もある。

なんだよ、これ？

不信感をあらわにした勇を上目遣いに覗き、彼はふふんと唇をつり上げた。

「あア、紹介しておこうか。彼は日下部忠太《くさかべちゅうた》。技術担当といったところかな」

「よろしく。あんた、名前なんだっけ」

「あ……小野寺《おのでら》。小野寺勇」

「ふぅん、勇ね。勇ましいっていうより、向こう見ずって感じだけど」

さらりと無礼な発言をした彼は、着物に袴《はかま》という格好だ。

中に襟の立ったシャツを着込んだ、いわゆる書生風のいでたちだが、ハンチングの下の美貌はおよそ尋常ではない。細くてふわふわな髪の毛といい、まるで欧羅巴《ヨーロッパ》の宗教画から抜け出てきたかのようで、百人いれば百人が美少年だと認めるだろう。

「ほら、僕っていたいけな平和主義者だからさー。暴力とか荒々しいのって無理なんだよね。だからウィルに頼まれでもしない限り、普段は現場には出ない。けどまア、ちょうど試したいなーってところだったし」

忠太はにやりと嗤《わら》うと、しゃがみ込んでさっきの木箱を開けた。

華奢《きゃしゃ》な指先が真っ黒に汚れているのは、機械油か何かだろうか。かと思えば、「じゃ、これ」と黒い塊《かたまり》を手渡される。

「偵察といったら、やっぱこれでしょ」

「はア」

「嘘、まさか双眼鏡を知らない？」

「……実物を見たことがなかっただけだ」

からかわれるように訊かれて、勇はむっとする。

「あアッ……ほんっと、この黒光りするボデー！　自分で作っときながらなんだけど、うっとりしちゃうよねぇぇ。見てよ、この曲線美。所有欲を掻《か》き立《た》てられてやまない上品なテクスチュア！」

忠太は溜め息を落とし、双眼鏡を矯《た》めつ眇《すが》めつしては、こぼれそうに大きな双眸《そうぼう》を熱っぽく潤《うる》ませている。

残念というかなんというか……。せっかくの美少年が台無しだな、と呆れる勇の隣で、ウィルが咳払いする。

「忠太、こんな調子では日が暮れてしまうぞ。彼にも使い方を」

「あア、うん。仕方ないなア。まずはここを両手で持って、構え方はこう。このダイヤルを回せば、ちょうどいい位置に焦点が合う」

「へえ……。うまいことできてるんだな」

「でしょでしょ？」

勇の感嘆を耳聡《みみざと》く拾って、忠太は声を弾ませる。

「これの参考にしたのは、海軍御用達《ごようたし》の天佑《てんゆう》号ってやつなんだ。それをウィルに手に入れてもらって、僕が限界まで小型化した。イチから部品を切り出さなきゃいけなくって、さしもの僕でも十日もかかっちゃったんだけど、この大きさなら手のひらにすっぽり収まる。諜報《ちょうほう》にはお誂《あつら》え向《む》きじゃない？　さっすが僕！　メカニクスの神様に愛されてるぅ！」

「……ふん」

お気楽でいいよな、とも思ったが、この双眼鏡とやらはたしかにすごい。通りを挟んでいるというのに、客の鼻の穴まで覗き込めそうじゃないか。

ひそかに感心しつつ、焦点を店の奥にずらしてやると、ちょうど来店したふたり組の客が席に着くところだった。こちらから見て左の壁際、窓から二番目の席。

――来た！

何か思う間もなく、心臓がどきんと跳ねる。

「あれがミツ子でいいかい？」

ウィルに耳元で訊かれて、ええ、と勇はうなずいた。

「連れの女も似たような年ごろですけど、壁を向いているほうがミツ子です」

「そのもうひとりに見覚えは？」

「ないですね。豆菓子もつまんでいるようだし、友人のように見えますけど……」

そのわりには、両者とも雰囲気がよそよそしい。

ウィルも隣で双眼鏡を構え、ふたりを観察していたのだが、なぜかしばらく不自然な沈黙が続いた。穏やかだった顔つきが、わずかに翳《かげ》ったように勇には見えた。

「どうやら調査報告どおりなのかもしれないいな」

「調査報告、ですか？」

「うん。この三日間で調べられた限りでは、ミツ子嬢は白妙会《しろたえかい》の末端会員らしい」

白妙会って――。

顔色が変わってしまったのだろうか。問うような視線を寄こされ、一瞬言葉に詰まる。

「ええと、たしか最近流行りの互助組織……ですよね。『利他の心を以《もっ》て互いを助けよ』って、仏教の流れを汲《く》んでるとか。俺でも知ってるくらいですよ」

会員たちは皆信心深く、地獄のような辛苦から抜け出し、心を救われた者も多いと聞く。

「未成年じゃ入会できないらしいし、それ以上は知りませんけど……。でもミツ子さん、白妙会に入ってるなら、心穏やかに暮らしてるってことかな」

最後は独り言のようにつぶやくと、ウィルと忠太はなぜだか複雑そうに顔を見合わせた。

「……まァいい、百聞は一見に如《し》かずだ。実際のところはミツ子嬢に見せてもらうとしよう」

その違和感に気づいたのは、怪訝に思いながらミルクホールに双眼鏡を戻したときだった。

あの窓際の席、先刻までいたのは学生風の男じゃなかったか……？

しかし今、そこでコーヒーを飲んでいるのは、やたらと目立つ洋装の女である。

「あ、やっと来たんだ。アヤが来なきゃ始まらないってぇのにさア」

相変わらず気合い入ってるね、と忠太が面白がったとおり、今日の彼女は上着もスカアトも緑の幾何学模様だった。派手は派手だが、微笑みをたたえて優雅にコーヒーカップを揺らしているさまは、進歩的なお嬢様といったふうに見えなくもない。

ウィルの合図で通りを渡り、店の硝子《ガラス》窓の下に身を潜めると、彼女の背後にミツ子の横顔が見えた。

緊張した様子で話し込んでいるようだが、内容まではわからない。アヤの位置からなら聞き耳を立てられるだろうけれど……。

そのとき、そんなもどかしさを察したかのように、目の前の窓にすっと隙間《すきま》が開いた。澄まし顔のアヤがそこから垂らして寄こしたのは、細いコードだ。

なんだこれ？

勇は思わず手を伸ばす。

が、好奇心のままにつまみ上げようとしたその矢先、左耳に何かを押し当てられた。ヒャッと飛び退ると、その何かは独楽《こま》状の黒い物体。尖《とが》った中心部から似たようなコードが生《は》えている。

「今度は何を――」

「よしできた」

嬉《うれ》しそうな声に続いて、その独楽からキーンと音がした。

「な、なんだ……？」

金属同士を擦り合わせたかのような不快感に、全身がそそけ立つ。

反射的に独楽を耳から浮かし、文句を云おうとして――そこではたと気づいた。小雨《こさめ》のような雑音に混じって、人の声が聞こえることに。

「うわっ⁉　だだだ誰か、誰か喋ってるぞこれ！」

「当然でしょ。盗聴器だもん」

「トウチョウ？」

「そ。盗んで聴く、と書いて盗聴。あんた、ものを知らなすぎじゃない？　盗聴しかり通信傍受《ぼうじゅ》しかり、先の欧州大戦でもとっくにやってることじゃん」

またぞろ、お天道様《てんとさま》に顔向けできないような真似《まね》を……！

色を失くしたこちらに構わず、忠太はにやにやと機械をいじっている。

「もちろん云うまでもなく、こいつを開発したのも希代の天才たるこの僕ね。独逸《ドイツ》のシーメンス社製の補聴器に真空管をつなげて、うまい具合に改造してやったんだ。集音箇所はってえと、アヤが持ってるあのハンドバッグ。ゆくゆくはもっと小型化したいし、増幅能力も上げたいんだけど……」

そうこぼしたきり顔を伏せた彼は、前触れもなく思索の森に入ってしまったらしい。譫《うわ》言《ごと》のようにブツブツ何か云っているが、西洋彫刻のような無表情がかえって恐ろしい。

「忠太くん？　おーい」

「こうなったら駄目だよ。しばらく戻ってこないだろうね」

肩をすくめるウィルと顔を見合わせ、仕方がないので、その黒い独楽――正確にはレシーバーと呼ぶらしい――を再度耳に押し当てた。

周囲の音をすべて拾ってしまってはいるけど、ミツ子の会話を聞き取るには充分だ。

『今日お誘いした理由なんですけれどね――』

ほどなくして、耳に届いた覚えのある声に、勇は慌てて店内を覗き込んだ。

『実は私、どうしてもあなたにお伝えしたいことがあって。清水《しみず》さん、あなた最近、お困りのことがあるんじゃないかしら』

『困りごと？』

『ええそう。たとえば……活計《たつき》のこととか』

相手は無言だったが、強張《こわば》った表情は肯定しているに等しい。ミツ子は満足そうに言葉を継ぐ。

『これはいわゆる、知る人ぞ知る、というものなんですけれどね。今のあなたのようにお困りの方に、助けの手を差し伸べてくれる組織があるんです。互助組織、助け合いの輪、なんて云えばご想像いただけるかしら。白妙会というのがそれなんですけど、かく云う私も、そのおかげで暮らしがすっかり見違えたんです。ですから、ね。ぜひ清水さんも——』

身ぶり手ぶりを交え、相手を口説くミツ子は、地味な外見にそぐわないほど情熱的だ。互助の精神のもと、会員たちが金を出し合い、困ったときには融通し合う。その心強さが庶民に受け、白妙会はここ一、二年で帝都じゅうに広まりつつあった。

今の勇にはそれほど興味がないが、もし自分に入会資格があったら心惹かれることもあっただろう。

ところが、

「——厄介だねぇ」

忠太の声に我に返ると、彼は木箱の中の盗聴器本体をいじりながら、汚いものでも見たかのように顔をしかめていた。

「ああいうのが、いっちゃんタチ悪いよね。自分が何をしているのか全然わかってない。

のだな」

云うなれば善意の疫病神《やくびょうがみ》……や、違うか。みずから広げて回ってるんだし、疫病《えきびょう》そのものだな」

「なんだよその云いぐさ」

侮蔑《ぶべつ》もあらわなその態度に、勇はカチンと来る。「聞いてなかったのか？　彼女も云ってただろ、助け合いのための組織だって」

「へー。それを鵜呑《うの》みにする馬鹿《ばか》って本当にいるんだ」

「なんだとっ……！」

睨みつけたが、忠太はせせら笑うように顎を持ち上げる。

「あんたさア、千も二千も会員がいて、そいつらが全員清らかな心で勧誘してるとでも？　百歩譲って、『あなたのためを思ってぇー』とかいう聖人君子がいたとしてもだよ、そんな動機でここまで広まるわけないじゃん。無理だねそんなの。人が目の色変えて動くったら、やっぱし金だよ、金。助け合いどころか金づる探しなんだよ。あのミツ子って女だってどうせ——」

「喧嘩売ってんのか⁉」

「まアまア。忠太もやめなさい」

ウィルに引き剝《ひ》がされてもなお、忠太は舌《は》を出している。

勇は怒りが収まらず、一発殴ってやろうと拳《こぶし》を握り込んだのだが、

『でも……』

レシーバーから硬い声が聞こえて、どうにか意識を引き戻した。ミツ子の勧誘相手だ。警戒する彼女をなだめるように、ミツ子の声も急に低くなる。

『――ここだけの話ですよ』

『え、ええ』

『もしも今後、あなたも会員になって他の方を入会させられた場合、報奨金をその都度いただけます』

報奨金？

『それでまたひとり、苦境から救われたということですもの。善行は報《むく》われて然《しか》るべきです』

窓の向こうで、ミツ子はうっとりと目を細めている。

『そうしてまた、救われた人が別の人を救えば、あなたのもとにも一定の率で報奨金が入ります。ほんの最初だけ、いくらか入会金を納める必要はありますけれど、その後を思ったら微々たるもの……。ね、この意味がおわかりでしょう？　救いの輪は途切れることなく、皆が幸せになれる仕組みなんです。あア、なんて素晴らしいんでしょう！』

吐息を震わせ、着物の合わせを押さえたミツ子は、己の言葉に完全に酔いしれているようだ。

けれども——緩んだ口元、熱に浮かされたようにとろけた瞳。そこに金への欲望をありありと見て取ってしまい、勇は言葉を失った。

「嘘だ……」

困ったとき、互いに助け合うための清廉な組織。

ずっとそう思っていたというのに、報奨金？　誰かを入会させられれば？

「そんなはずは……そうだ、ミツ子さん、たまたま金に困ってたんだ。そうに決まってますよ……！」

焦って理屈を探したが、ウィルは済まなそうに睫毛を伏せた。

「そこそこ口の立つ者なら、報奨金だけで食べていかれるほどだそうだよ。そのうえ入会者を増やしただけ、つまり会に貢献すればするほど、報奨金の額も会の中での地位も上がっていく」

「金と権力、一挙両得ってわけだな。みんな躍起になるはずだよ」

忠太もウィルと同じく渋《しぶ》い表情だ。

「で、でも！　本当にミツ子さんが云ってたふうなら問題ないですよね!?　皆が揃《そろ》って恩恵を受けられるんだったら、それで——」

「無理だ」

「無理でしょ」

「……そんな」

「入会金だけで報奨金を全額まかなうというのは、どだい無理な話だよ。入会希望者が無尽蔵にいるわけでもないからね。そう——仮にひとりの会員につき、三人を勧誘するとしようか。すると初代がひとり、二代目が三人、三代目が九人、四代目が二十七人……。忠太、十代目まで行ったときの会員数は？」

「二万九千五百二十四人だね」

瞬時に弾き出された答えに、ウィルは肩をすくめる。

「そこまででもう、町田町の人口以上だ。あと数代も進めば、東京府の総人口すら越える。はなはだ非現実的だよ。こういった仕組みは破綻《はたん》すると決まっているんだ。甘い蜜《みつ》を啜《すす》れるのは、会員のうちでもごく少数の幹部だけ。残念だけどもね」

「け、けど……もし本当にそうだとしたって、会員の人たちは今まさに救われてるんですから。そんな先のことより、目先の平穏のほうが大事でしょうよ」

ほとんどムキになって云い張ると、

「——きみにはまだ、物事の上辺しか見えないらしい」

ウィルは困ったように唇を歪《ゆが》めた。「なにゆえ、これほどの勢いで広まっているのか。盲目的なまでに会員らが身を捧《ささ》げるのはなぜなのか。きみは考えたことがあるかい」

「それは……」

「白妙会が真実無害なのであれば、我々が出るまでもない。会の存在を正当化し、弱った人心につけ入り、熱狂にさらなる火をくべるもの――それは一般にこう云われる。〝信仰〟とね」

勇を我に返らせたのは、コンコン、という窓硝子を叩く音だった。

顔を上げれば、アヤが不機嫌そうに耳元を指している。慌ててレシーバーを構え直し、耳を澄ますと、ミツ子が入会を断られているところだった。

どこかほっとした気がする一方、俺は元詐欺師たちの云い分を信じるのか、と動揺が走る。

まるで自分に裏切られたようで、思わぬ心もとなさに戸惑っていると、

『――待ってください!』

ミツ子の叫びが響いた。『清水さん、あなたにもきっとおわかりになります。そう、私もね、はじめは半信半疑だったんですから。でもあの方――あの尊い方にお目にかかったとき、雷に打たれたように悟ったんです。神秘はたしかに存在するのだと』

必死に説き伏せようとする彼女は、云いようもなく痛ましい。

レシーバーを固く握ったまま、言葉もなく立ち尽くしていると、「どうだい?」と静かな声がした。

「これが白妙会の実態だよ。金欲しさに勧誘を繰り返すだけなら、自力で踏み留まれることもある。だが、白妙会には一種の加熱装置――つまり崇拝対象があってね」

「それが、彼女の云ってた……」

「〝やくし様〟というそうだ。やくし様からご加護を得るため、彼らは三度の食事まで切り詰める」

ウィルはやるせなさそうに首を振る。

「〝やくし様〟について今把握できているのは、白の法衣《ほうえ》姿だということ。僧兵のような袈裟頭巾《けさずきん》をかぶり、目元以外を隠しているということ。そのくらいかな。法衣の仕立てから見て男のようだが、開祖本人なのか、現人神《あらひとがみ》のつもりで祀《まつ》っているのか……。もっと情報を集めたいところなんだが、中枢に食い込むのはさすがに難儀でね」

短い溜め息につられて、勇も顔をうつむける。

「勧誘の流れとしてはまず、今のミツ子嬢のように一対一で話をするだろう？　そうして、あとひと押しで落とせるという段になったら、今度は白妙会の本部に案内する。するとそこにはやくし様がおわしまし、目の前で摩訶不思議《まかふしぎ》な力を披露してくれる――と、そんな流れに持ち込むのが常套《じょうとう》手段らしい」

「入会特典みたいなもん？」

しばらく大人しくしていた忠太が、ここぞとばかりに混ぜっ返した。

「まア、実質的にはそうかな。入会を渋っていたり、会そのものを疑っていた者でさえ、〝やくし様〟に対面してしまえば心を決めるというから、ただの底の浅い芝居というわけでもなさそうだよ」

「えー、何その云い方。まさかウィルまで信じちゃうわけ?」

「自分では現実主義者《リアリスト》だと思っていたんだが……。勇くんみたいな特殊な才能もあると、身をもって知ってしまったからね。もう多少のことでは驚かないなア」

ウィルは苦笑したかと思えば、ふっつりと押し黙った。その横顔は憂《うれ》いを帯びていた。

「……仮にこの先、こうした組織が増えてくるようなら、法で規制するようにもなるのかもしれない。しかし現時点では、違法とまでは云えない。だから官憲も大っぴらには取り締まりできず、結果、会の活動はほとんど野放しだ」

「被害者、増えるばっかだよね。『会に注《つ》ぎ込《こ》みすぎて破産した』なんて依頼もいくつか来てたし。儲かるどころか、尻の毛までむしり取られて泣き寝入りだよ」

地面の小石を蹴っ飛ばし、忠太までもが眉根を寄せている。

だが——破産だの泣き寝入りだの、そんな話は勇の記憶のどこにもなかった。なぜだ、どうしてここまで認識が違う?

動揺を気取られないよう、勇はとっさに顔を伏せたのだが、

「それで実を云うと」

「――え」

「きみから姉君捜しを頼まれるより前に、我々もさる筋から指示を受けていてね」

さる筋？　指示？

なんだよそれ……。心臓がいっそう嫌な鼓動を刻み始める。大日本《だいにっぽん》クリーンサービスは独立した一組織じゃなかったのか？

「つまり、白妙会をどうにかするように、と」

「どうにかって……」

声を掠れさせながらも、かろうじて尋ねる。

「今きみが想像したとおりだ。――〝白妙会を潰《つぶ》せ〟ということだよ」

喉の奥で、ごくりと音がした。


勇はしばしのあいだ、ここがミルクホールの前だというのも忘れて突っ立っていた。

ぼやけた思考の合間に、どこかで聞いた声が響く。

――〝掃除人〟に聞き入れてもらえるかどうかは、神頼みの域。

だとしたらなぜ、ただの人捜しである自分の依頼を、彼らはふたつ返事で引き受けたのか。ずっとくすぶっていた疑問の答えを、やっと見つけた気がする。

〝白妙会を潰せ〟という指令を受け、彼らはおそらく、会に関する情報を片《かた》っ端《ぱし》から集めていたのだ。

会員からの搾取が本当なら――いまだに信じたくはないが――金がらみの揉めごとも多いはず。刃傷沙汰《にんじょうざた》に限らず、物騒な事件がすでにあったのかもしれない。たとえば、強引な勧誘で恨まれた誰かが行方知れずになったとか。

姉が失踪した二年前、白妙会という組織はまだ広まっていなかった。ゆえに彼らも、失踪事件でなければ興味を示さなかったかもしれないが、まさか姉ではなく、ミツ子のほうが白妙会と関係していたとは……。

嬉しい誤算なのかな、と様子をうかがってみるも、ウィルは表情もなくミツ子らを見つめている。

と、そのとき、レシーバーからがさごそと衣擦《きぬず》れの音がした。

『ごめんあそばせ』

アヤの声に驚き、急いで店内を覗くと、彼女は大胆にもミツ子らのいる隣の席へにじり寄っていた。ミツ子の下手な勧誘ぶりに痺《しび》れを切らしたらしい。

『あなた方、見たところ帝都にお住まいでなくって?』

『え、ええ。まア……』

『実はわたくし、麹町《こうじまち》のおじ様に呼ばれて大磯《おおいそ》から出て参ったんですの。ですがおば様が所用を済ませるまで、ここで待つように云われてしまって……。それでコーヒーでもいただいて、仕方なく時間を潰していたんですけれど、あなた方なら年のころもわたくしと近いでしょう？　どこか、帝都で面白い場所でもご存知ないかしら』

謎の令嬢にいきなり乱入され、ミツ子らは戸惑いを浮かべている。

『……すみません』

やがて、先に口を開いたのはミツ子のほうだった。『私たち、職場の同僚なんですけれど、どちらも地方者なんです。彼女は上京して一年で、私もまだ二年。街遊びにも不慣れですので、お嬢様のほうがお詳しいくらいじゃないかと』

『あら、そうなの？』

アヤは大袈裟《おおげさ》に驚く。『でしたらあなた、どうして帝都へ？』

濃い――もとい、くっきりとした化粧顔は見慣れないようで、アヤに迫られたミツ子はもじもじと赤面した。

『それは、その……田舎で畑仕事に明け暮れるよりは、帝都なら華やかな仕事に就けるんじゃないかって』

『まア！　それで出ていらしたの？　そうですわよね、これからは女性も職業婦人として自立していく時代ですものね！　実に立派なお心がけだと思うわ』

手放しで感嘆するアヤは、ぐいぐいと間合いを詰め、いつの間にやらミツ子らの卓子《テーブル》へと移ってしまっている。

『ですけれど……帝都にいらっしゃる際はおひとりだったんでしょう？　わたくしだったら怖くて、とてもそんな勇気は出ませんけれど。どなたか頼れる方でもいらしたのかしら』

『はア。私はそのつもりだったんですが』

『つもり、と仰《おっしゃ》るのは？』

『学生時代の友人が、先に帝都へ越していたんです。……そうですね、私が一念発起できたのも、それを知ったのがきっかけです。……でも、そんな甘い考えではいけなかった、ということでしょうか』

ミツ子は口ごもり、途方に暮れたように一度首を振った。そして哀《かな》しげに瞼を伏せる。

『――いざ上京してみたら、その友人は消えていたんです』

気がつくと、勇は横面を張られたように放心してしまっていた。

早鐘のように打ち始めた心臓が痛い。何か云いたげな目をウィルが向けてきたけれども、ただ息を詰め、ひとことも聞き逃すまいと盗聴器に集中する。

その消えた〝友人〟というのが、俺の姉ちゃんなんじゃないか？

けれども、引っかかるのは、「先に帝都へ越していた」という言葉だった。そんな話、一度として姉の口から出たことはない。百歩譲ってもし、姉が本気で転居を考えていたのだとしても、自分には真っ先に相談してくれていただろう。

あり得ない──。

だがそう思う一方で、駆け落ちなら、という思いも拭《ぬぐ》い切れなかった。弟に話すのは気恥ずかしくても、友人のミツ子だけには打ち明けていた。

『お気の毒でしたこと……。だけれどそのご友人、どちらへ行かれたのかしら』

『さア……。それが、私にもまったくわからなくて。上京したらすぐ、転居先だと聞いていた住所を訪ねてみたんですよ。ですけど、そこももぬけの殻だったし、再転居先もわからずじまいで』

『ますます不可解ね……』

勇を代弁するように独《ひと》りごちたアヤに、ミツ子もこくりと顎を引く。

『もしも新居が気に入らなくて、すぐにまた越したのだとしても、せめてひとこと教えてくれれば……彼女、二度目の転居は誰にも知らせなかったんでしょうね。私に転居を知らせてくれた方も、それでずいぶんと塞いだご様子だったし。本当に罪作りだわ』

「え?」

『え?』

勇とアヤの声が見事に重なった。

『あの、ちょっとお待ちになって。その転居の話というのは、直接ご友人から聞いたのではなくて?』

『あ……すみません。説明が足りませんでしたね。そうなんです、私に教えてくれたのは彼女じゃなくて。共通の知人、と云えばいいんでしょうか』

――共通の知人？

彼女から前に紹介された方です、とミツ子は説明する。

『その方とたまたまお会いしたのは、ちょうど一昨年のいま時分、そう、桜が咲き始めたころでしたね。月一の所用で帝都に出たとき、ばったり出くわしたんですけれど、そしたら当然、彼女の話題も出ますでしょう？　転居したというので驚いていましたら、その方、彼女自身は上京したばかりで多忙だからと、新しい住所を代わりに教えてくださったんです。帝都育ちの方というのは、こんなに親切で洗練されているのかしらって、その意味でも驚いてしまったくらい。……あア、そうそう。しかも私ったら、自分も上京したいだなんて、ぽろっと云ってしまったものだから――』

それでその知人は、情け深いことに、ビヤホールの女給という職を斡旋《あっせん》してくれたのだとミツ子は云った。その口調は控えめでありつつも、どことなく誇らしげだった。

呼吸も忘れて聞き入っていた勇は、レシーバーにぎりりと爪《つめ》を食い込ませた。

〝共通の知人〟というのは、いったい誰なんだ？

勇の世話と家事に明け暮れていたこともあって、姉の交友関係はそう広くはない。勇の知る友人といったらミツ子くらいだし、それ以外には職場の食堂関係者がせいぜいだ。

——そういえば、あの子と親しげにしてた客の男がいたわねぇ。いやに垢抜けてるんで噂になってたのよ。あの子目当てに帝都から通ってるらしい、って。

唯一思い当たるとするなら、前に怪しんでいた例の男なのだが、やはりそいつが姉を帝都に呼び寄せたのだろうか。そいつがミツ子の云う、東京出の〝共通の知人〟なのか？

まとまらない考えに苛立《いらだ》ち、勇はレシーバーを放り出した。

「あっ、何すんだよ！」

飛んできた文句は無視して店へ向かおうとする。ところが、ウィルに腕を取られるまでは一瞬だった。その力は存外に強い。

「……離してください」

「却下だ。きみが落ち着いてくれたなら、いつでも離すがね」

「なんでですか⁉　わかってるんなら行かせてください。せっかくミツ子さんがそこにいるんだ、俺が出ていって詳しく尋ねれば——」

「そこだよ」

「え？」

「直情。短絡的行動。きみは誰しも、問えば正直に答えると思っている」

口調は穏やかなままだというのに、どこかぞくりとする圧を感じた。振《ふ》り解《ほど》こうとしていた腕を止め、勇は黙り込む。

「……勇くん。きみにとっての彼女はたしかに、この帝都における貴重な昔馴染《むかしなじ》みなのだろう。彼女は善人なのだと、そう信じたい気持ちもわかる。だが穿《うが》った見方をすれば、彼女が姉君の失踪に関わっている可能性も――いや、もっと端的に云おうか。彼女こそが、姉君を拉致《らち》した犯人なのかもしれない」

「そんなこと……！」

「ない、とどうして云える？　暴力的な事件というのは顔見知りによる犯行が多いものだよ。残念だが」

ウィルは目を細くする。

「仮に彼女が犯人だった場合、ここできみが出ていって問い詰めれば間違いなく警戒する。一度そうなってしまえば、聞き出せるものも聞き出せなくなる。少なくとも、彼女が無関係だとわかるまでは軽率に動くべきではない」

「……でも！」

「今すぐ姉君のことを尋ねたいという、きみの心情はもっともだと思う。だが、きみは何につけてももっと慎重を期したほうがいい。これは年長者からの忠告だよ」

ウィルの静かな視線にからめ取られるように、勇の焦りは急速に萎《しぼ》んでいた。

俺、まだまだだな、と思う。姉ちゃんのこととなると、すぐに平静を欠いてしまう。これでもいちおう、自制しているつもりではあったんだけど……。

そんな萎《しお》れ具合を察したようで、ウィルは肩を軽く叩いて解放してくれた。

忠太からレシーバーを突きつけられ、悄然としたまま耳に当て直す。と、ちょうど窓の向こうで勧誘相手が立ち上がるところだった。

『それじゃ、また職場で。あたし今日は遅番だから』

『あ……』

勧誘に失敗したミツ子は、腰も上げられずに見送っているようだ。

しかしほどなくして、

『わ、私もそろそろ……』

と我に返ったようにつぶやくと、彼女は引き留めようとするアヤを振り切り、そそくさと店を出ていってしまった。

「ウィルさん！」

勇はもどかしく振り向く。ウィルは今度こそ大きくうなずいた。

後始末を忠太に任せて大通りに出ると、通り沿いの柳の下にミツ子の羽織が見えた。

勇とウィルは道行く人々を避けつつ、二区画ほどの距離を保って尾行する。空は桜の開花を渋るような曇天《どんてん》。行き交う人の合間を縫い、万世橋《まんせいばし》方面へと歩いていく彼女は背後を気にするそぶりもない。

「ミツ子の住まいというのは、もうわかってるんですか」

「うん。湯島の長屋に入っているらしい」

「さっきの〝共通の知人〟については？」

「それは僕も先刻、はじめて聞いたところでね。これから重点的に調べるとしよう。ミツ子嬢を白妙会に誘ったのも、その知人かもしれない」

憂うように云われて、勇ははっとする。

そうだ——。

仮にミツ子の話が本当なら、その知人こそ、上京前後の彼女と接点があった数少ない人物ではないか。他に帝都に知己はいなかっただろうし、もし上京したばかりで心細い時期に誘われれば、その人物への憧《あこが》れもあいまって入会してしまうかもしれない。

勇は重苦しい気分で羽織の背中を追う。

すると、次の市電の停留場が前方に見えたころ、ミツ子は細い路地の入り口で唐突に足を止めた。建物の陰に向かって何か話している。誰かに道でも訊かれたのだろうか。かと思えば、誘われるように路地へと入っていってしまう。勇もウィルと顔を見合わせ、駆け足で追いかける。

数十秒ののち、ウィルに続いて角を曲がろうとしたのだが、勇はそこで鼻先に衝撃を受けた。

「ウィルさん？　急にどうし……」

目の前を塞いだ背中から離れたとたん、喉頸《のどくび》の奥がひゅっと鳴る。本能的な警告が頭に響いた。

――見ちゃあ駄目だ。

見ちゃあ駄目だ。

見ちゃあ駄目だ。

見ちゃあ駄目だっつってんのに……！

ウィルの肩越し、その先の地面に焦点が合ってしまい、喘《あえ》ぎのような息が、は、とこぼれた。

路地の中ほど、赤黒い血溜《ちだ》まりに囲まれ、ミツ子は仰向けに倒れていた。――両目を見開き、茅色《かやいろ》の着物をどす黒く変色させて。

「……心臓をひと突きだな」

ウィルは傍《かたわ》らにしゃがむと、彼女の首筋に指を添えてかぶりを振った。

「凶器は刃物か。探すだけ無駄かな」

そんなウィルの独白が勇の耳まで届く。

「店を出てひとりになったところを狙われたか……。このあたりは区割りが入り組んでいる。大通りとは反対に抜ければ、おそらく逃げるのもたやすい」

彼がつぶやき、周囲を見回す様子もちゃんと視界に入ってはいる。

だがしかし――

――なんだよ、これ。

遅れて疑問が浮かんだとたん、全身の毛という毛がざあっと逆立った。細かな震えと同時に、苦くて酸っぱい胃液がこみ上げてきて、勇は路地の隅《すみ》に駆け寄り、おえっと吐いた。

喉が灼《や》けたように干上がり、唾も呑《の》めない。目を硬くつぶっても、赤黒い血とミツ子の死に顔が瞼にこびりついている。

「勇くん。大丈夫か」

耳元でウィルの声がし、かろうじてうなずけはしたものの、すぐ背後で甲高《かんだか》い悲鳴が響いた。

どれだけ時間が経ったのか、通行人もこの路地裏の惨状に気づいたらしい。振り向けば、路地の入り口に人が集まってきている。連鎖するように悲鳴がこだました。

「行こう」

ウィルに腕をつかまれ、勇は引きずられるように路地をあとにした。

ちょうどそのとき、正午の午砲《ドン》があたりに轟《とどろ》いた。毎日聞いて耳慣れているはずだが、妙に現実味がない。まるで夢の中で反響しているみたいだ。そうだったらどんなにいいか、とおぼろげに思う。

「彼女を救えなかったのは悔《く》やまれるが……今はともかく逃げよう。僕らが犯人だと疑われかねない」

人混みの中で囁くように云われて、勇はびくっと正気に戻った。

「は、はい」

野次馬を掻《か》き分《わ》け、もがくように足を動かす。何度も肩をぶつけながら、ウィルの背中に必死についていく。と、そのさなか、

「気をつけろ！」

すれ違った中年男から罵声《ばせい》を浴び、振り返った弾みにハッとした。

――錆鼠色《さびねずみいろ》の背広。

現場近くの辻にたたずんでいるのは、襟足を刈り上げた若い男だった。野次馬たちより頭ひとつ抜けた長身。眼光は剃刀《かみそり》のように鋭利で、明らかに堅気ではない。どこかで見たような気がするけど……まさか、あいつがミツ子さんを？

「ウィルさん」

勇は声を尖らせ、返事も聞かずに踏み出した。両者のあいだは三区画ほど。取っ捕まえてやる、と急いで通りを渡ろうとしたのだが、雑踏の向こうで男が身を翻《ひるがえ》した瞬間、ぐっと肩を引かれた。

「この距離では無理だよ」

「でも」

「どのみち丸腰では危ない。僕らも急ごう」

あれに乗るんだ、とウィルが示した先には、停留場から発車しようとしている市電があった。彼に続いて、身体をねじ込むように飛び乗る。すぐさま首を巡らせ、昇降口から先刻の辻に目を凝《こ》らす。

けれども、漠然と予感していたとおり、すでにあの男は煙のごとく消えていた。

「……誰だよあいつ……」

俺はどこで出会った？

焦って記憶をたぐるも、おかしい、という思いばかりが募《つの》っていく。

市電はカーブを曲がった。速度が上がるにつれ、現場の人だかりも視界から外れていった。

勇は昇降口の手すりをきつく握り締めながら、〝どこで見たのか思い出せない〟こと自体に戸惑っていた。

「あら、気がついた？」

声とともにひやっとした冷たさを額に感じて、勇は薄く目を開けた。

「……う……」

無意識に漏れた呻《うめ》きは、見事に掠れている。

何度か瞬き、徐々に頭がはっきりしてくると、ようやく自分がどこにいるのかわかった。掃除屋の事務所だ。……そうだった、戻ってきたんだったよな。

無理することないわよ、と気遣ってくれたアヤに礼を云い、勇はソファーからだるい身体を起こした。

濡れ手拭いがぽとりと足元に落ち、それを拾おうとして気がつく。奥の衝立から袴の裾《すそ》が覗いている。

「……盗聴器の実地試験は、さっきので無事終了。で、使ってみての課題がいくつか見えたから、さっそく改良してるってわけ。まったく、のんきに倒れていられる奴《やつ》がうらやましいよ」

忠太は振り返ろうともせず、独り言めかしてつぶやく。相変わらずふてぶてしい態度といい、人を苛つかせることにかけても天才的だ。

お前なんか、あんなの見たら絶対チビって泣き出すだろ。

心の中で毒づいていると、外出していたのか、ウィルが書類封筒を片手に戻ってきた。

「気分はどうだい」

起き上がっていた勇に気づくや、その眼差しがふわりと緩む。

「すみません。ご心配をおかけしました」

「いや、さっきは済まなかったね。僕の配慮が欠けていたよ。きみはその能力のこともあって、視覚からの刺激に弱いんだろう」

気分が悪くなるのも無理はない、とウィルに慰められ、勇はシャツの上からむかむかする胃の付近をさすった。まさか死人が出るだなんて……。おまけに、目にしたものを忘れられないのがこんなにも辛《つら》いとは。

「もう少し寝てたらどう？」

「そうだな。まだ顔色が良くない」

アヤとウィルから口々に勧められはしたものの、勇はソファーの上で姿勢を正した。

こんな程度でへばっているわけにはいかない――。

せっかく〝共通の知人〟という手がかりを得たのに、もはやミツ子と話すことさえ叶《かな》わなくなってしまったのだから。

「それで、何かわかりましたか」

膝の上で拳を握った勇は、執務机に腰を預けたウィルを仰ぎ見た。

ミツ子が襲われたのは、正午の午砲《ドン》が聞こえる少し前だった。壁のボンボン時計は今、午後二時を回っている。

「それなんだが、今しがた調査員から報告が上がってきた。ミツ子嬢の遺体はあのあと、警察に収容されたらしい。今も現場検証が続いているようだが、何も出ない可能性のほうが高いだろうね」

通り魔に見せかけた手練《てだ》れの犯行だろう、という見立てには勇も同感だ。

ミツ子に気取られないよう、距離を空けて尾行していたとはいえ、彼女が路地に入ってから勇たちが追いつくまでには一分もなかったはず。そのあいだに刃物を突き立てて絶命させ、姿をくらませる。そんな早業、素人《しろうと》には到底不可能だろう。

「犯人はもしかすると、彼女がミルクホールで同僚と会うのを知っていたのかもしれない。その時刻から見て、それが終われば直接職場に向かうのが自然だ」

「相手の人、遅番だと云っていましたしね」

「うん。当番表さえ手に入れてしまえば、勤務前にふたりが別れるところまでは想定できる。しかしそこまでするなら、仕事帰りまで待って襲えば良かっただろうに、なぜあんな白昼に凶行に及んだのか……」

つぶやくように声を落としてウィルは黙り込む。

「あの娘《こ》、あたしが話した限りじゃ平々凡々って感じだったのにねぇ。殺されるほど人から恨まれることとなんてしそうになかったけれど」

「わっかんないよぉー?」

アヤの溜め息に続いて、ゴーグルを上げた忠太が衝立の奥から這《は》い出《で》てきた。

「殺される直前にしたって、あんなにしつこく勧誘してたじゃん。金と恨みは抱き合わせみたいなものなんだし、『よくも俺を騙してくれたな！　儲かるって云ったくせに！　グサーッ』とかってさ。どこにでも転がってる話じゃない？」

清らかな顔に似つかわしくない黒い嗤いを聞くうち、ざらついた不安が広がり、胸に満ちていく。

ミツ子が殺されたのは、本当に金がらみのいざこざのせいなのか。

いや、そもそも――

彼女が白妙会の会員だったのなら、どうして教えておいてくれなかったんだ⁉

「……俺、ちょっと頭冷やしてきます」

それだけ云って立ち上がると、勇はふらりと事務所を出た。いてもたってもいられず、向かったのは上野の広小路だ。その道端に最寄りの自働電話室がある。

受話器を取り上げ、交換手に電話番号を早口で告げた。回線がつながるのを待ちつつ、もどかしい思いで床を踏み鳴らす。

『はい、ソエジマ商会』

「あの、俺です。小野寺勇です」

嚙みつくように取り次ぎを頼み、息を殺して待つあいだも、胸に兆《きざ》した不安はどんどん枝葉を伸ばした。

――やっぱし金だよ、金。助け合いどころか金づる探しなんだよ。

――こういった仕組みは破綻すると決まっているんだ。

声に紛れて、血まみれのミツ子の姿までちらつく。苦しい。今はとにかく、彼らの云うようなことは何もないのだと安心させてほしい。

勇は知らず知らず、シャツの襟元をぎゅっと握った。そうして幾度目かに足を踏み換えたとき、耳馴染みのある声がした。

『……勇か？』

「副島《そえじま》さん！」

思わず声が上擦る。

『どうした。連絡は手紙でと云ったはずだが』

「えっと、急ぎでお話ししたいことがあって……」

掃除屋に接触してからというもの、出社は控えていたから、こうして話すのもほとんど半月ぶりである。

副島宗親《むねちか》――。

この男こそ、ソエジマ商会の社長であり、その智略で白妙会を見る間に帝都最大の互助組織にまで育てた、会の創設者なのだった。

＊

そんな傑物たる彼と勇が知り合ったのは、昨年の春先のことだった。

当時、姉を見つけ出すべく帝都に移り住んだ勇は、見よう見まねの靴磨《くつみが》きで糊口《ここう》を凌《しの》いでいた。

開業したばかりの神田駅裏、がたがたの木箱をひっくり返しただけのそこがささやかな縄張りだったのだが、そのときすでに、姉捜しを始めて一年以上。手がかりは元より乏《とぼ》しく、かといってあきらめもつかず、俺はここで何をやっているんだと虚《むな》しさに襲われる日々。

おまけにその日は空腹のあまり、客を待ちつつ朦朧《もうろう》としてしまっていたらしい。傾《かし》いだ頭をハッと上げると、やけに身なりの良い客が目の前に立っていた。

――今、いいかな？

その紳士はこちらの返事も待たず、向かい合わせにした木箱に腰掛けた。

いちおう、顧客であるサラリーマンへの気遣いとして、客用の木箱には薄い座布団を置いてあった。が、それでも「なんだよこの小汚《こぎた》ねぇ襤褸切れ」と顔をしかめられることもあったので、上等な背広に似つかわしくないその無頓着《むとんちゃく》さが、勇の目には意外に映った。

もっと上手《うま》い同業者はいくらでもいるのに、なんで俺のところになんか……。

訝《いぶか》しみながらも、これまた高そうな革靴をせっせと磨き上げてやる。すると男は、勇の骨の浮いた手首をじっと眺めたのち、

——食べ物は何が好きだ？

と唐突に口を利いた。

——は？

勇は往復させていた磨き布を止め、そこではじめてまともに男の顔を見た。

副島と名乗ったその男は、ちょっとした商社を経営しているのだと云った。本部ビルは丸ノ内。なるほど、どうりで高級品ばかり身につけているはずだ。三十そこそこに見えるが、こいつも成金《なりきん》サマか。いけ好かねえな、と思ったのを覚えている。

——俺の部下が毎日ここを通りがかるんだが、きみは早朝から宵の口まで、実に勤勉に働いているそうじゃないか。

——はア。

——ここは日当たりも悪いし、客引きには不便だろう。なのにふて腐れもせず、黙々と働いているというから一度頼んでみたくてね。しかし……いや、たいしたものだな。実際こうして見ていても、隅々《すみずみ》まで手を抜くことがない。きみくらいの若者だと、杜撰な仕事でいかに儲けるか、そんなことばかり考えていたりするんだが。

靴墨で真っ黒になったこちらの手を見つめ、副島はやけに勇を持ち上げる。

──だが……そうだな。気にかかるとすれば、きみ自身の健康だな。

──は、健康って!

──まア聞いてくれ。身体が資本だのなんだのと云うが、そう馬鹿にしたものでもないぞ。俺も現に、きみくらいの時分に流行り病で死にかけたことがある。数日高熱に浮かされたあげくに命拾いしたが、そもそも日ごろの無理が祟《たた》ったんだろうな。親弟妹《きょうだい》も同じ病で死んだが、今も悔やまれてならんよ。皆をもっと食わせてやれていれば、精をつけてやっていれば、とな。

ふぅんと勇は目を逸らす。

──……ともかく、それでだろう。未来ある少年が厳しい境遇に身をやつしているのを、俺はどうにも見過ごせないんだ。

副島は独白するように締めくくると、勇の腕を強引に引っ張り上げた。

──きみ、ライスカレーは好きか?

と、そう微笑んで。

その後、副島は勇の抗議には耳を貸さず、駅裏の定食屋に勇を連行した。へどもどするばかりの勇に代わって、「ここのはなかなかだぞ」とライスカレーをふたつ注文する。

ハイカラな料理だとしか知らなかった勇も、いざかぐわしい香りを放つ皿を前にすると、突き上げてくる食欲には抗《あらが》いようがなかった。

スプーンを握り、副島そっちのけでがつがつと掻き込む。とろりとした黄金色の液体が久方ぶりの白米に絡んで、あたたかく喉を滑り降りていく。

なんだよ、ここは。俺は極楽にでも来ちまったのか……?

そう錯覚しかかるほど、それは勇の胃袋を、そしてそれ以上に空っぽだった勇の心を、瞬く間に満たしていった。

——で、どうだろう。

副島が話を向けて寄こしたのは、くちくなった腹を夢心地でさすっていたころだった。

——勇くんと云ったかな。きみ、うちで働く気はないか。

——へっ……。

たまげた拍子に、勇はスプーンを取り落とした。

——実は先日、うちに長く勤めていた所員が田舎に帰ってしまってね。人手が足りないものだから、方々に求人を出してはいるんだが、応募者の質までは如何《いかん》ともしがたい。その点、真面目に働いてくれるとわかっているきみなら安心だ。

副島は照れるそぶりもなく、歯の浮くような誘いを繰り返す。

——そりゃまア……、光栄すぎるお話なんだろうとは思います。けど俺、やらなきゃならないことがあるんで。毎日駅前にいるのもそれが目的っていうか……。

——ほう。詳しく聞いても?

副島からまっすぐに見つめ返された勇は、ためらいながらも事情を話した。姉を捜していること。そのために一年前に帝都に出てきたこと。

もちろん靴磨きの客にも、姉を知らないかと隙あらば尋ねている。が、たいていの場合、憐《あわ》れまれるか「あきらめな」と訳知り顔で諭《さと》されるだけで、面倒に関わるのは御免だという本心が透けて見えるものだった。

だから——憐れみか、説教か。

こいつはどっちなのかな、と勇は内心値踏みするような気分でいたのだが、話を聞き終えた副島は、静かに目を伏せてぽつりと云った。

——それは辛かったな。

憐れむでも、ご高説を垂れるでもない。副島のような成功者が、我が事のように悲痛な表情を浮かべている。

それだけでも充分驚かされたのに、彼はあろうことか、「うちの者にも捜させよう」とまで云い出したのだった。きみひとりよりもはるかに早いだろうから、と。

結局、そんな言葉に絆《ほだ》される形で、勇は副島のもとで働くことになった。

彼の云う〝うちの者〟が白妙会の会員たちだったことにも間もなく気づいたが、副島や幹部からは〝信仰に基づく互助組織〟だと説明されたし、感謝こそすれ、疑問はとくに浮かばなかった。

何しろ毎月の給金のおかげで、もうひもじさに震えなくてもいいのだ。あばら屋同然の長屋からそこそこの下宿に越すこともできた。

仕事内容はというと、下っ端《したっぱ》も下っ端、副島やその部下たちからなんやかやと用事を云いつけられる使いっ走りだったのだが、それでも以前の生活と比べればまさに天と地。文句のあろうはずもない。

それに、勇に与えられる仕事は白妙会ではなく、商社関連のものが大半だった。

勇も勇で、恩人である副島さんのために働ければいい。白妙会のことはよくわからないけど、詮索《せんさく》はするまい。

そう割り切っていた。


そんなある日、風の冷たさも緩んだ三月半ばのことだった。

勇は副島に呼び出され、本部ビルの執務室に赴いた。勇の入社以降、会員総出で姉を捜してくれているそうだが、まだ良い知らせは届いていない。

もしやついに、と期待を抱いて扉を開けたものの、副島の顔色は優れなかった。彼は執務机いっぱい新聞を広げ、憂えるようにそれを眺めていた。

――あア、来たか。

副島は勇に気づくと、これを見てくれと紙面を指差した。

――なんですか。ええと、『官憲に先んじて解決』……？

記事によれば、某社が闇取引中だった密造煙草にまつわる証拠一式が、所轄の警察署長宛てに届けられたという。

――ふぅん、悪事が暴《あば》かれたってことですよね。良かったじゃないですか。これが何か？

――うむ……。妙だとは思わないか？　官憲でもつかめていなかった密造の証拠が、なぜ唐突に警察へ届く。

勇は首を捻《ひね》りつつ、どうして俺にこんな問答を、と不思議に思っていた。しかし考えたところで、副島の頭の回転についていけるはずもない。

――それは……そうですね。中の誰かが、良心の呵責《かしゃく》に耐えられなくなってタレ込んだとか？

――俺も最初はそう考えた。

だがな、と副島は抽斗《ひきだし》を開け、さらに新聞の束を放って寄こした。すべてここ一ヵ月のものだが、日付は異なっている。加えて、ところどころの記事に印がつけてあった。

見た感じ、紙面での取り上げられ方はまちまちなのだが――

――ほとんどが不正行為？

——そうだ。これだけ揃えば無関係とは云えまい。そこにある事件のどれもが、似通った経緯で明るみに出ている。義賊だという説が出るのも道理だが……おそらく単独ではなく、組織立った連中だろうな。でなければ、これだけの数はこなせん。

副島は断言する。

——でも……その義賊が不正を正してくれんだったら、それで問題ない気がしますけど。

勇が困惑していると、副島はいいか、と渋い顔で葉巻を取り出した。

——そもそも不正の摘発というのは、誰が為《な》すべきことだ。

——はア。官憲……でしょうか。

——平たく云うなら、御上の仕事だな。手が回らんことはあるにせよ、どこの馬の骨とも知れぬ者がおこなうものではない。むろん、叩けば埃《ほこり》の出る連中も少なくはなかろうが、証拠まで揃えるとなると官憲でも一朝一夕とはいかんよ。にもかかわらず、これだけの頻度で不正が暴かれている。そのうえ、いずれの件にも関連が見いだせない。これはどういうことだ？

葉巻の先端に火が点《つ》き、紫煙が立ちのぼっていくのを目で追いながら、勇はたしかに、と唸《うな》った。

——義賊の仕業にしても妙ですね。外の人間が不正に気づくだけでも大変でしょうに、仕事が早すぎるというか。どうやって嗅ぎつけてるんだろう。地獄耳みたいな伝手《つて》でもあるのか……？

勇はブツブツ云いながらも、依然として他人事《ひとごと》のような気分でいたのだが、副島は革張りの椅子から身を起こすと、「実はな」と片頬笑んだ。

――その義賊の正体には心当たりがある。

――本当ですか⁉

――あア。今日きみに来てもらったのもそのためでね。……こんな噂を聞いたことはないか？『お困りの際は私書箱九九九号へ』。

――あります、けど。

たしか〝帝都の掃除人〟って……とつぶやき、勇はあれっと思った。

掃除？

つい最近、そんなふうな言葉をどこかで見た気がする。そうだ、十日ほど前だ。浅草の大友館《おおともかん》にいた栗色の髪の男が、路地に落としていった燐寸箱《マッチ》。

『帝都を美しく　大日本クリーンサービス』

あの男自身もたいがいキナ臭かったけど――

まさか、と目を見張ると、副島がうなずいた。

――そのまさかじゃないかと俺は疑っている。きみからその男の話を聞いたときには気づかなかったが、今は確信に近いな。きみの前でも妙な真似をしていたようだし、一連の義賊騒ぎも、すべて〝掃除人〟の仕業だと考えればしっくりくる。

――ちょっと待ってください……!

勇は慌てて額に手を当てた。

あの男が、巷で噂の〝掃除人〟?

――ええっと、もし仰るとおりだったとしてですよ。となると、依頼人もいるってことですよね。どこぞの困った誰かが、不正を暴くように頼んだ。そういうことですか?

たしかに、その誰かが不正の被害に遭っているなら、それも〝困りごと〟には違いない。

でも……。

――義賊などと云えば聞こえは良いがな。そいつらが次々暴いている不正は、真実不正なのか？　突き詰めれば、依頼人とて善良とは限らん。

――そう、俺も気になったのはそこです。「商売敵《がたき》に罪を着せたい」とか、そういう不届き者もいそうですよね。

掃除人がきっぱり拒めばいいが、そんな保証はどこにもない。警察に届いた帳簿や印鑑だって、偽造しようと思えばいくらでもできそうだ。

冤罪《えんざい》。不正の捏造《ねつぞう》。

脳裏をぐるぐる回り始めた不穏な言葉に、浅草で会った男の面影《おもかげ》を重ねてみる。

人畜無害そうな顔して、肚《はら》に一物も二物もありそうだったあの男——。本当にあいつが掃除人だったら、不正の捏造くらい平然とやってのけるんじゃないのか。

ひとりでうなずいていると、それに、と副島が云う。

——対岸の火事で済めばよかったんだが……昨日事務長から報告があってな。うちの事務所も、ここのところ何者かに嗅《か》ぎ回られているらしい。

えっ、と声が裏返ってしまった。

——白妙会は福祉事業のようなものだが、他の宗教家にとっては目の上の瘤《こぶ》。俺の読みが合っているとしたら、妬《ねた》み嫉《そね》みに駆られて、うちを陥れるべく掃除人を頼ったのだろうな。コソコソ動いているのは、何か仕掛ける前の下調べというところか。

沈んだ副島の声を聞くうち、背中を冷たいものが滑り落ちていく。

もし本当に濡れ衣を着せられるようなことになれば、官憲にいくら無実を訴えようが聞き入れられはしまい。副島や幹部がしょっ引かれるだけでなく、会の存続もきっと危うい。

白妙会がなくなったら、自分はどうなる？　——職も住処《すみか》も失い、あの惨《みじ》めったらしい場所に逆戻りだ。

いや、それだけならまだいい。会員たちが数を頼みに捜し回っても見つからないのに、またたったひとりで姉を捜すことになるのか？　この広い帝都の中を……？

目の前がぐにゃりと歪んだ気がして、勇は「どうにかならないんですか！」と机越しに詰め寄った。

――勇、落ち着け。

――云ってください、副島さん。あなたは恩人なんです。あなたに拾ってもらわなければ、今の俺はなかった。指示をもらえればなんだってやります。ここにいられなくなったら俺……！

たまらずかぶりを振ると、副島の大きな手が、机に押しつけていた勇の拳をなだめるように包んだ。

――そう思い詰めるな。云っただろう、今日来てもらったのもそのためだと。

――てことは、俺にも何か？

――あア。その掃除人の拠点――大日本クリーンサービスとやらを、きみに内々に探ってもらいたくてね。

――内々にって……。

間者になれ、ということか？

思わず固まっていると、副島は机を回り込んできて勇の肩をつかんだ。シャツ越しに感じる体温があたたかい。

——きみはその男の人相も知っているだろう。これ以上の適任はおらんよ。……そうだな、まずは依頼人として接触を試みるのが早そうだな。奴らに気取られないよう、内情を探って報告してくれ。

自分にできるだろうか。ためらわれたが、それも一瞬だった。

不安がないと云えば嘘になるけど、元より白妙会を守るため、副島さんのためなら助力を惜しまないつもりである。

勇は副島を見返し、大きくうなずいた。

——任せてください。副島さんが困ってるなら、全力でやってみせます。

それが彼への恩返しになり、ひいては姉捜しのためにもなるのだから。

*

『勇、どうした』

耳元で訝しげな声がして、勇は我を取り戻した。非日常的なことばかりで限界が来たのか、思考が飛んでしまっていたらしい。

やはり掃除屋に探られていたこと。彼らは白妙会を潰す気でいること。それらを手短に告げたのだが、副島は驚くそぶりもなく、『そうか』と嘆息した。

『杞憂《きゆう》で済んでほしかったんだがな……。それで、わざわざ電話を寄こした用というのは？』

「あ、あの、後藤田ミツ子のことです」

ごくりと喉を鳴らし、受話器を強く握り込む。

『ゴトウダミツコ？』

「はい。前にお話ししましたよね。去年の暮れあたりに新橋で行き合って、でもそれきりだった姉の友人です。駄目元で掃除屋に伝えたんですけど、あいつらたったの三日で捜し出してきて。でも……」

『なんだ』

「さっき殺されました。万世橋近くの路地裏で」

『……犯人は？』

「まだ捕まっていないみたいです。警察が調べているようですけど」

目つきの鋭い、長身の刈り上げの男。その面影に続いて、血まみれの現場まで瞼によみがえる。

それを振り切り、「ミツ子も白妙会の会員だったんです」と続けてみたのだが、

『知らんな』

「……ですよね」

すげなく返され、どうして教えておいてくれなかったんだ、という理不尽な怒りはあえなく萎んだ。そりゃそうだよな。副島さんがいくら有能でも、役職もないヒラ会員の名前まで把握しているはずがない。

けど……。

――こういった仕組みは破綻すると決まっているんだ。

『どうした？』

「い、いえ。あいつらがいい加減なことばかり云うから……。白妙会は、みんな金目当てだって。そんなはずないのに」

『とんだ云いがかりだな。金に意地汚い奴ほど、他人の実入りにケチをつけたがるものさ』

「ですよね！　あア、良かった。ミツ子さんがあんまり必死に勧誘してたんで、うまく反論できなかったんですよね」

勇の胸に安堵《あんど》が広がる。やっぱりあいつらの話を鵜呑みにしたら駄目だよな。

勇は苦笑し、「じゃ、それを確かめたかっただけなので」と受話器を置こうとした。しかしそのとき、

『――勇』

妙に低い声が耳朶《じだ》を打った。命令されたわけでもないのに、足が竦《すく》んでいるのはどうし

たことだろう。

「あの、まだ何か」

『さっきのミツ子とかいう女性の話なんだが……解《げ》せない部分があってね』

「解せない？」

『そうだ。きみはその目で捜し続けて、それでも見つからなかったんだよな。にもかかわらず、掃除屋はわずか三日で彼女を見つけた。敵ながら小憎らしい調査能力だが、その〝三日〟というのが気にかかる』

「ええと、それはどういう……」

『〝三日〟の内訳だよ』

教え諭すかのごとく、副島はゆっくりと云った。

『掃除屋はまず、彼女を見つけてどうした。きみにすぐ知らせを寄こしたのか？　三日しかかからなかったといっても、所詮は奴らの云い分だろう。つまり現実には、もっと早くに捜し出していたかもしれん。……勇。彼女が白妙会《うち》の会員だというのを、奴らがつかんだのはいつだ？』

「さア、はっきりとは……。俺が連絡をもらったときには、もうわかってたみたいですけど」

吐息の音に交じって、ならばなおさらだな、と重たい声が響く。

『――いいか。俺が思うに、奴らは彼女を見つけるとすぐ、きみに知らせるよりも前に接触したんだろう。理由は明白。その〝三日〟のあいだに、うちの情報を聞き出せるだけ聞き出すためだ。奴らにとっては貴重な情報源だろうし、彼女と接触するのに、きみの許しも同席も必要あるまい。これ以上は引き出せないとなったら、あとは用済み。頃合いを見て厄介払いすればいい』

厄介払い……。

それはつまり――ミツ子を殺したのは掃除屋だということか？

「まさか」

ぞわっと背筋が総毛立ち、勇は思わず送話口に詰め寄った。

「あ、あり得ませんよ……！　だってあのとき、俺も掃除屋と一緒だったんですよ⁉　連中、全員ミルクホールに揃ってましたし」

『そんなもの、殺し屋でも雇えば済む話だろう。奴らは元詐欺師、れっきとした罪人なんだぞ？　倫理観などない無法者が、己が関わった証拠を野放しにしておくと思うか』

とっさに反論が浮かばず、勇は唇を噛んだ。ウィルたちの気遣わしげな顔が思い出されて、受話器を握る手にも力が籠《こ》もる。

「それはそうかもしれませんけど……でも、なんのためにそこまで……」

混乱しながら独りごちると、

『きみだよ』

「へっ？」

勇はまたもや虚を衝《つ》かれた。

『きみの性格からして、知人が無惨に殺されれば間違いなく嘆き悲しむ。まずは動揺させ、そのうえでなだめすかして、きみを絆そうという肚だろうな』

副島は確信した様子だったが、勇はますます困惑する。

「あ、あの！　やっぱり変ですって。俺なんか丸め込んだところで連中が得するわけでもなし」

『そう思うか？　白妙会とつながっているのは、何もその女だけではない』

「あ……」

俺？

ひょっとして、ミツ子の次は俺を利用する気か？　白妙会を探るために？

俺が間者だと気づかれてはいないはずだが……わからない。ウィルたちの顔が次々浮かんだけれども、彼らは根本的に信用ならない。

そうだ、俺は嫌というほど知ってるじゃないか――。

大友館で会ってからこっち、どれだけ彼らに振り回されたか。どれだけ悔しい思いをしてきたか。

小馬鹿にされているような苦々しさまでつぶさに思い起こすと、わずかとはいえ、絆されそうになっていた自分が許せず、勇は頭を掻きむしりたくなった。あいつらの目的が副島さんの云うとおりだったら、それこそ思うつぼなのに。

勇、ともう一度呼ばれて、はっと顔を上げた。

『きみにはもう一段鋭い楔《くさび》になってもらう』

うなずくのに、もはやためらいはなかった。

副島の落ち着いた声音が、次なる指示を紡いでいく。それに耳を傾けるうち、激しく波立っていた頭の中が見る間に凪《な》いでいく。

『俺とて、きみの姉さんのことには胸を痛めているんだ。白妙会が存続する限り、全力で捜し続けると誓おう。そのためには……わかるな？　俺を失望させないでくれよ』

カフェー浪漫亭《ろまんてい》に戻ったのは、上野の街をさまよい、いい加減指先がかじかんできたころだった。

事務所の扉の前でためらっていると、中からボンボン時計の音がした。それに合わせて四つ数えてから、余韻に背中を押されるように扉を叩く。

「あっ、どこ行ってたのよ！　倒れたばっかりなのにぃー」

「野垂れ死んでなかったのか」

アヤはともかく、忠太の悪たれ口にはまたまたムカッときたが、しおらしく頭を垂れておいた。

「どうだい。少しは落ち着いたかな」

「……はい。ご心配をおかけしました」

ウィルにも謝り、その後の経過を尋ねる。けれども、これといった進展はなかったらしい。

「ともかく、ミツ子嬢の身辺調査はこのまま続ける。白妙会に関して何か揉めごとがなかったか、それだけでもつかんでおきたい。当面の目標は、例の〝共通の知人〟。いいね？」

「はぁーい」

「了解」

「……勇くん？」

ぼうっとしていたせいか、急に覗き込まれて心臓が止まりかけた。

……駄目だ、もっと気を引き締めなければ。ミツ子殺しの犯人だのなんだの、それはいったん忘れておけ。

副島から与えられたばかりの指示を反芻《はんすう》し、大きく息を吸うと、勇は思い切って頭を下げた。

「――お願いします！　姉が見つかるまで、俺も仲間に入れてください!!」

「はぁ〜〜〜〜〜⁉」

「え、うちに加わるってこと？　冗談よね？」

忠太とアヤの反応には、正直ちょっとだけ傷ついた。

が、それより問題はウィルだ。顔色ひとつ変えない彼に焦って、舌がもつれそうになる。

「だ、だって俺、なんとしてでも真相を知りたいんです。姉の行方はもちろんですけど、ミツ子さんを殺した犯人も――ミツ子さんとは、姉の友人ってだけだったけど、俺にとってはいい人だったんです。ガキのころには一緒に遊んでくれたし、少なくとも、あんな死に方をしなきゃいけなかった人じゃないんだ」

疑われないようあえて思いのままを吐き出し、勇は小さく呻く。

「それに、姉ちゃんが彼女のことを知ったら、絶対に悲しむと思う。そんなのは見てられない。許せないし、せめて殺された理由を知りたい。でなきゃ彼女だって浮かばれないでしょう！」

姉ちゃんのためだったら、敵陣に潜るくらい屁《へ》でもない。下働きだろうが清掃員だろうがなんでもやってやる。

「このとおりです。どうか……！」

勇は唇を結び、さらに深く腰を折った。

アヤと忠太は、何か云いたげな様子で顔を見合わせている。この際、同情でもいい。とにかく勢いで押し切ってやれば——と視線を上げたのだが、ウィルにじっと見られていることに気づいた瞬間、全身が強張ってしまった。

臓腑《ぞうふ》の裏まで見透かされそうな、冷え切った緑の瞳。まるで刃先で背中を撫でられたかのように、ぞく、と悪寒が走る。

「……あいにくだが、わざわざ仲間にする必要が僕には見えなくてね」

「そんな！」

「姉君が見つかり次第、きみにも連絡しよう。それで充分では？」

「駄目です。それじゃあ遅すぎる」

「調査の進捗《しんちょく》も逐一《ちくいち》お伝えするが」

「もうこれ以上、じっと待ってなんかいたくない」

声が震えそうになるのをこらえて睨み返す。

「……そうか」

ウィルはふっと表情を消し、考え込むようなそぶりをすると、最後に短く息を吐いた。

「僕らの仕事に危険がつきまとうことは、もうわかっただろうね」

「はい」

「万一の場合、ミツ子嬢のようなこともあり得る」

「承知のうえです」

「命を落としても？」

「そんなの、姉を捜し始めたときからとっくに覚悟してます。事件に巻き込まれた可能性だってあるんだし」

云い切ると、ウィルは不承不承といった様子ながらもあらためて説明してくれた。大日本クリーンサービスの表向きの仕事や、こうした人助けについて。

裏稼業とも云うべきそれを、よもやウィルの口から聞くことになるとは思わなかったが、それでも勇の決意が揺るがないのを見るや、彼は執務机の電話機に手を伸ばした。

「……きみの特技はたいしたものだからな」

小さくこぼしたかと思うと、真顔で振り向く。「僕の一存では決められない。上に許可を求める」

——上ってなんだ？

しかし勇が疑問を挟む間もなく、どこかへ電話をかけたウィルは、こちらを背にして小声で話し始めた。こっそり聞き耳を立てたが、外国語のような奇天烈《きてれつ》な会話の断片しか拾えない。符丁でも織り交ぜているのだろう。

それにしたって……こんな小さな事務所に電話が引かれているとはずいぶん希有《けう》なことだ。急速に普及が進んでいるとはいえ、電話の架設には千円以上もかかる。申し込んでも抽選があるとも聞く。

　裏稼業を含め、この事務所の資金繰りはどうなっているんだ、と考えが脇に逸れ始めたとき、受話器を置く音がした。

「許可が下りたよ」

「本当ですか⁉」

「あア。ただし、特殊な才能があるとはいえ、きみは他の者と違ってこの手の仕事ははじめてだろう。どこまでの働きを見せてくれるか、予測するのは僕にも難しい。まずは見習いから始めてもらうというのが条件だが、それでもいいかな」

　勇はうなずいた。

　仲間に加われるなら、これ以上のことはない。重ねて礼を云い、差し出された手を固く握り締める。

　ウィルの手のひらはあたたかく、不思議な力強さがあって——これに負けるものかと、勇はひそかに自分を奮い立たせたのだった。

3章

六月。

大日本《だいにっぽん》クリーンサービスに勇《いさむ》も加わってから、はや三ヵ月が経った。

「つーかーれーたー！」

と愚痴を吐きながら、アヤがどすんとソファーに腰を下ろすのももう見慣れた光景だ。

今回の依頼はというと、とある繊維工場の経営の暗部を暴くことだった。欧州大戦による空前の好景気ののち、決定的な戦後不況が始まったのが一年と少し前。

以来、勇にも肌で感じられるほど労働争議が多発しているが、それに先立ち経営陣の悪行を暴きたい――というのが依頼人の希望だった。ただむやみにストライキや暴動を起こすより、証拠をつかめば早く和解に持ち込めるのでは、と。

事実、先刻ウィルとアヤが忍び込んだ社長室からは、裏帳簿やら癒着の証《あかし》となる覚え書きやらが複数見つかった。厳しい局面を乗り切るためだと社員に劣悪な労働条件を強いながら、社長や職工長らは陰で私腹を肥やしていたらしい。

「あのゲス社長、事務員と遊女の違いもわかってないのよ⁉　ホント、潜入先として最悪も最悪」

アヤもいまだにカンカンだし、勇の見る限り、掃除屋が捏造や演技をしている様子もない。いつ不正をでっち上げるか、首を長くして待っているのだが……。

勇は肩透かしを食ったような、どこか残念な気もしながら、今日も事務所に戻ってきたのだった。

「――養新堂《ようしんどう》の豆大福⁉」

衝立の奥から自称・天才発明家が飛び出してきたのは、留守番ご苦労、とウィルが手提げ鞄《かばん》を下ろしたときだった。

どこからそれを……と見やれば、鞄から覗いた包み紙にはたしかに○に養の字。常々「甘味は脳への栄養」と云って憚《はばか》らないだけあって、目敏《めざと》い奴である。

「うわおっ、めちゃくちゃツイてる！　こいつが夕方まで残ってるなんてさア！」

忠太《ちゅうた》はぱあっと顔を輝かせたかと思うと、勝手に包みを解き、むんずと大福をつかんだ。

「おい、礼ぐらい云うのが筋だろ」

見かねて苦言を呈《てい》すも、時すでに遅し。ぱくりと食いついたとたん、いつもの生意気な表情が幸せそうにとろけていく。

「んーー……はいふふははっは、ほほのはひひはんはよへ」

「そうかい？　ならば、また機会があれば」

「えー、次は大野屋《おおのや》の七味煎餅《せんべい》だってば」

ソファーに沈んだまま、アヤまで割り込んでくる。

「ふへっ、はははほはらひほ？」

「だってあの容赦ない辛さ、たまんないじゃない。囓《かじ》っただけで汗が噴《ふ》き出《で》てきてさ」

平然と云い合っているけど、どうしてそれで話が通じるんだ、あんたらは。

内心呆れながらも遠巻きに見ていると、ウィルが湯飲み片手に寄ってきた。

「勇くん。きみのぶんもあるから食べてくれよ」

「でも」

「遠慮は要らない。それとも何かな？　仲間になっても交流する気はない？」

「……っ、そういうわけでは」

とっさに詰まった勇に、彼は意味ありげに口角を上げる。

俺が間者だというのも、この男には見抜かれているかもしれない。もし毒でも仕込まれていたら……。そう思うと、手を伸ばすにも勇気が要ったのだが、彼は「ふむ」と何か考えたのち、大福をつかんでふたつに割った。

「丸ごとは多かったかな？」

笑顔で片方差し出されて、勇は息を呑む。もしかして、俺の警戒に気づいて——

「ん?」

「いえっ、なんでも!」

慌ててかぶりを振ったが、はたしてうまく平静を装えたかどうか。

残った大福の片割れに食いつき、上機嫌で目を細めるそのさまは、勇が想像する悪人にはほど遠かった。

この三ヵ月間、事務所に出入りするようになってわかったことがある。

まず第一に、勇が小耳に挟んでいた噂——『東京中央郵便局の私書箱九九九号に依頼状を投函する』というあれ——はおおむね真実だったということだ。

ウィルやアヤは外での任務も多いため、毎日私書箱から手紙を回収しているのは忠太である。彼は機械いじりに没頭するあまり、衝立の中で夜を明かしてしまうことも少なくない。ゆえに、事務所に出入りする時刻も私書箱に立ち寄る時刻もまちまちなのだが、ともかくも日に一回。

それらに逐一目を通し、依頼を受けるか決めるのはウィルの役目なのだという。

——『隣の痴話喧嘩《ちわげんか》をどうにかしてくれ』だとか、我々が出るまでもない依頼も多いんだがね。

ウィルは苦笑し、なんでもないことのように云っていたが、それでも二、三日に一件は引き受けているように見えた。

すべての依頼人と面会し、詳しい話を聞き出し、計画まで立案する。所長が彼でなければ、あんなに涼しい顔でこなせはしないだろうと思える仕事量だ。

そういえば先日、勇は話の流れを装い、引き受ける基準はどうなっているのかと探りを入れてみた。ウィルは少し考え、「時と場合によるが……」と前置きつきで話し始めた。

基本的な要件はこうだ。

一、問題の深刻さ（人の命が危ない、とか）。

一、代替手段の有無（警察や司法・行政機関では解決できない、とか）。

たとえば白妙会《しろたえかい》のように、世間全体に影響が及んでいる場合は、依頼がなくとも積極的に介入したりもするらしい。

そして――――『J』。

あれは勇がここへ来て、ひと月ほど経ったころだった。勇はウィルやアヤたちの会話に、ときどきJという名前が出てくることに気がついた。

いかにも秘密めいたその呼び名が気になり、あとから忠太に尋ねたところ、「聞いてないの？」と意外そうに返された。

――Jってのは、ぶっちゃけて云えば僕らの大ボスだよ。ウィルの上司っていうか、いっちゃん最初にウィルを雇った人物だな。ウィルの腕を見込んで所長に据えたんだってさ。

——ウィルさんを……。

口の中で繰り返した直後、あ、と思い出す。

——それじゃ、俺を仲間にするときに許可を受けたのも？

——本人が電話に出たわけじゃないだろうけど、まア、その筋っちゃその筋だな。普段の依頼は私書箱経由だけど、Jから指示が下りてくることもたまーにある。あの白妙会にしてもそうだし、僕が見た感じ、ウィルもJ案件を最優先してるっぽいね。知能犯とか思想犯とか、厄介なのが多いんだよ。

まったく、世の中クソ野郎であふれてるよねぇぇという悪態《あくたい》を聞き流しながら、いつかの言葉が頭に浮かんだ。

——我々もさる筋から指示を受けていてね。

あの〝さる筋〟というのが『J』だったのか。

その後、勇はJの正体を探るべくいくつか質問を投げかけた。ところが、忠太はそれ以上のことは知らなかった。取り立てて興味もないようだ。

——だったらきみ、なんでこんなところに……。

口の悪さは折り紙つきだが、彼はたんにメカニクスとやらを偏愛しているだけに見える。なのにどうして、わざわざ元詐欺師たちとつるまなければいけない？

苛立たしさを隠して尋ねると、彼はバツが悪そうに鼻をこすった。

——僕は……その、なんだ、見抜かれちまってさ。

——見抜かれた？

ん、と忠太はうなずく。

——僕、しょぼい工場やってる親父や兄貴に嫌気が差して、高等小学校を出たらすぐにこっちに出てきたんだよ。で、この天才的な頭脳で電化製品を開発して、いろいろと道端で売ってたんだけど、最先端すぎて見向きもされないわけ。しょうがないから、市販品の修理も請け負うことにしたんだけど、今度はとんと客がつかない。僕の修理が完璧すぎて、その後もまず壊れないんだよな。

それでどうしたのかと尋ねると、忠太は「一計を案じたのさ」と唇をつり上げた。

——つまり修理をするとき、わざと中途半端《ちゅうとはんぱ》に直すんだ。ある程度の期間使うと、時限爆弾みたいにまた壊れるようにする。で、『二回目以降はお安くしますよー』とかなんとか云っといて、また来てもらうって寸法だよ。それでも雑な作りの大量生産品より、よっぽど長持ちする。そこそこ評判になったし、ひとりで食べてくらいは充分だったんだけど……。

——ウィルさんに見破られた、と。

忠太は遠くを見つめ、小さく嘆息した。

——あの人、最初に話しかけてきたときは、ちっともそんなふうじゃなかったんだよなア。萎れた葱《ねぎ》みたいに弱り果てて、『職場のタイプライターが壊れてしまった、大至急直してほしい』って。で、陰気そうだけど身なりは良いから、こりゃ上客だ、絶妙なところでまた壊れさせてやるって当然張り切るだろ？　そしたらあの人、直したものを受け取ったとたんに蓋をぱかっと開いて、満足そうに云うんだよ。『——実に見事だ。次に壊れるのは半年後、といったところかな』。

——それって……。

——な、酷いだろ？　あの人、そこまで見抜けるくらいの知識は元々あるんだ。問い詰めてもはぐらかされたけど、故障の原因も全部承知のうえで、こっちの腕を試しただけ。……ったく、悪戯《いたずら》好きっつーか、根っこのところで根性ワルっつーか……息を吐くみたいに嘘つくあたり、詐欺師の星の下に生まれたようなもんだよ。ああいう人間は怒らせたらマズいぞ、絶対。

しみじみ云われて、勇は内心どきりとする。

——でもま、大儲《おおもう》けを狙ったわけじゃなくても、僕がしたのは詐欺行為にゃ違いない。その点、ここなら好き放題やれるからさ。

『メカニックとして、存分に腕を振るってみたくはないかい？』

そんな口説き文句でウィルに勧誘され、納得ずくでここにいるらしい彼を、勇はなぜだか眩《まぶ》しく感じた。……ほんの少しだけ。

ともかくも、日を追うにつれ、勇は掃除屋たちの内実を着実に把握していった。はじめは荷物持ち扱いで、現場でも右往左往するばかりだったのだが、今では見張り役くらいなら任せられるまでになった。

粗探《あらさが》しのつもりで観察しても、ウィルやアヤの仕事に危なげなところはない。勇の目が良いとはいえ、本当に見張り役が必要なのかと思わなくもないけれど、撤収後に「助かったよ」と感謝されれば、勇とて満更でもない気分になる。

……いやいや、こんなところで日和《ひよ》っているわけには。

副島《そえじま》さんのため、姉ちゃん捜しのため、できる限りの情報を集める。それが俺に課せられた任務じゃないか。

それに——彼らにかかったミツ子殺害の嫌疑もまた、晴れたわけではない。

警戒を怠るなよ、と自戒しつつ、勇は半分の豆大福にそろりと食いついたのだった。

狐顔の男と浪漫亭《ろまんてい》の入り口でぶつかったのは、翌週、七月はじめのことだった。

「おっと」

やや高めの声とともに、筋張った手が落ちた山高帽を受け止める。癖《くせ》のある笑みを浮かべたその男は、背広を着こなしてはいるけれども、どこかキナ臭さの残る印象だった。ただの月給取りではなさそうだ、とでもいうか。

勇はぶつかった非を詫び、霧雨《きりさめ》に湿った傘を閉じた。それを戸口に立てかけ、カフェーへ入っていったのだが、すぐそこの窓際に使用済みのコーヒーカップが一客あった。

あの男、この席に座っていたのか。考えるともなく考え、その卓子《テーブル》の脇を通り過ぎようとする。

と、そのとき、奥側の椅子の座面に何かが見えた。大ぶりの書類封筒――。

男の忘れものか？

そう思った瞬間、ある考えがよぎった。

あの只者《ただもの》ではなさそうな男、もしや掃除屋の関係者だったのでは？　となれば、あの中身は機密書類か何かだったりして……。

ごく、と唾を呑み込む音が、やたらと耳につく。

勇は誰も見ていないのを横目で確認すると、すばやく封筒を取り上げた。暴れる心臓を押さえ込みつつ、我が物顔で頭上に翳《かざ》す。シャンデリアの光が、中の書類の形を浮かび上がらせてくれる。

うっすら文字状のものが見え、期待が膨《ふく》らみ切ったまさにそのとき、

「――あア、勇くん。それはいいんだ」

見計らったように声が響いた。

ビクッと振り返れば、すぐ斜め後ろの席にウィルが座っている。

さっきは誰もいなかった……よな？

ぞわりとした勇を知ってか知らずか、見惚れんばかりの笑顔がいっそう深くなる。

「もらってもいいかい」

「え？　あ、これ、背広の男がさっき……」

「児玉《こだま》に会ったんだね」

独白するように云い、「掛けたまえ」と向かいの椅子を勧めると、ウィルは勇の手から封筒をするりと抜き取っていった。

「先日飲めなかったぶん、と云っちゃあなんだが。今なら貸切《かしきり》状態だし、事務所の煎茶《せんちゃ》ばかりじゃ味気ないだろう」

そう云って品書きも見ず、コーヒーとチョコレートを頼む。何を考えているのかはさっぱりだが、勇の行為を咎《とが》めるつもりはないらしい。

「……ここ、チョコレートなんて置いてるんですね」

「うん。品書きにはないんだけれど、運が良ければね。チョコレートといったら森永だが、ここの芥川《あくたがわ》もなかなかのものだよ。あア、忠太にはくれぐれも内密に」

食べ物の恨みは怖いからね、と悪戯っぽく微笑み、ウィルは欧米風の気取った仕種《しぐさ》で片目をぱちんと閉じた。

その後、勇は女給長の運んできたコーヒーをちびちび啜っては、チョコレートの甘さに目を白黒させた。洋菓子もめずらしいものではなくなりつつあるが、自分のような庶民の舌にはまだ馴染まない。

難しい味だな、と難しい顔でカップを置いたとき、ウィルが唐突に話題を戻した。

「さっきの男――児玉についてなんだが」

「はい」

「彼は実のところ、僕の学生時代の後輩でね。本職は新聞記者なんだが、内々にこちらの仕事も請け負ってくれている。僕の頼みに応じて情報を集める調査員、とでも云うかな。先日、ミツ子嬢を三日で調べ上げたのも彼だよ」

あの男が、と溜め息が漏れる。悔しいけれども、有能ぶりは認めるしかなさそうだ。

「きみはこれまで、児玉の姿を見かけたことは一度もなかっただろう？　だがそれもすべて、こちらの仕事を伏せておくためでね。込み入った調査をこなしてもらうためにも、記者という肩書きを失わせるわけにはいかない」

「あア、だから受け渡しひとつにもこうやって――」

「まどろっこしい手を使う」

ウィルは笑って、円を描くようにコーヒーカップを揺らす。

そのカップを戻し、さっきの封筒を取り出した彼は、「きみも見てくれたまえ」とあっけなく封を切った。

中から滑り出てきたのは、数枚のペラ紙を綴《と》じたもの。

覗き込んだとたん、そこに並んだ何十人、いや何百人の姓名が目に飛び込んできて、勇は思わず呻いた。

「これ……」

ウィルもうなずく。

「前々から児玉に頼んでいた、白妙会の会員一覧だよ。名簿でもあれば良かったんだが、探ってもその手のものは見つからなかった。それでも一覧化しようと思うと、会員同士のつながりを地道にたどっていくしかなくてね。全会員を網羅《もうら》できたとは云いがたいけれども、まずは、という話だ。遅くなって申し訳ない」

慇懃《いんぎん》に頭を下げられ、そんな、と慌てて首を振る。

「児玉の調査によれば、ミツ子嬢には職場のビヤホール以外、これといった交友関係はなかったそうだ。店主や同僚の中にも白妙会の会員はいない。だが——」

ウィルが一枚めくった直後、二枚目の上のほうにミツ子の名前があった。

「並びはおおむね入会順だそうだから、彼女はこれを見る限り、わりあい早い段階で白妙会に入ったんだね。上京したばかりのころじゃないかな」

「上京したころ……。てことはやっぱり、例の〝共通の知人〟が」

身を乗り出した勇に、ウィルも顎を引く。

「あくまで想像ではあるが、当時の帝都に、彼女を会に誘えるほど親しい人物が他にいたとも思えない。となれば、その〝共通の知人〟――仮にAとすると、Aの入会時期はミツ子嬢よりさらに前。これの一枚目、せいぜい二枚目の冒頭までだろう」

ウィルは一覧を指で叩き、長い睫毛を持ち上げる。

「そんなわけで……どうかな勇くん。現時点で覚えのある名前はあるかい？　姉君の知り合いだとか、小耳に挟んだことのある名前だ。その人物がAかもしれないし、さらに云えば、Aなら姉君の消息を知っているかもしれない。Aもミツ子嬢と同様、姉君の失踪に気落ちしていたようだが、それからもう二年だ。その後接触した可能性もおおいにある」

真剣な眼差しにうながされ、勇はおずおずと一覧を手に取った。

呼吸を整え、一枚ずつ慎重に視線を行き来させる。会の創始者である副島宗親《むねちか》を筆頭に、顔見知りの幹部の名前もちらほらあったが、いずれも皆、白妙会に来るまで縁もゆかりもなかった者ばかり。姉との接点などないだろう。

他に目を引かれる箇所もなく、念のため最後の頁までめくったのち、勇は力なくかぶりを振った。

「そうか。ここでAが見つかれば話は早かったんだが……。きみはAを知らない、あるいは顔を知っていても名前は知らない。そのどちらかなのだろうな」

ウィルは溜め息をこぼすと、声音にも落胆をにじませた。

その翳った表情はごく自然で、演技には到底思われず、こんなに親身になってくれる人がミツ子を殺したりするだろうか、と勇はふと思ってしまった。

根拠はないけど——彼らは姉捜しというより、白妙会を潰すために奔走しているのだろうけど。

「……あ、でも」

「なんだい？」

「偶然というのはないんでしょうか」

一覧を眺めるうち、勇は思いついて云った。

「いえその、ミツ子さんを会に誘ったのがAではなく、偶然知り合った誰かだった場合です。道端でたまたま勧誘された、とか……あり得なくはないかなって」

ウィルはしばらく考え込んでから、いや、と首を振った。

「その線は薄いのではないかな。ミツ子嬢がそれほど社交的だったようには思えない。いくら帝都に不慣れで心細かったとしても、見ず知らずの人間にはかえって警戒するものでは？」

「それもそうか……」

「僕はむしろ、Aと帝都でばったり再会したという、ミツ子嬢の説明のほうが気にかかる」

「どういうことですか？」

首をかしげたとたん、ウィルの瞳の奥が奇妙に翳った。空気がぴりっと張り詰めた気がして、勇は思わず居住まいを正す。

「――勇くん。これは覚えておくといいが、たいていの場合、物事には理由がある」

ウィルは噛んで含めるようにそう云うと、たとえば、と丸まっていたチョコレートの包み紙を持ち上げた。

「これがここに転がっているのは？」

「え……と、俺が食べたからです」

「もっと云うと？」

「？　ウィルさんが注文したから……？」

「うん、それもまた然りだ。甘いものが欲しくなったからとか、今日は仕入れがあったからとか、なんとでも云えるだろうね」

ウィルは瞬き、にこりと微笑んで寄こす。

「だけども――ここで気に留めておくべきは、この丸まった包み紙は理由もなしに卓子《テーブル》に現れはしない、ということだ」

「……いくつもの理由が積み重なってここにある、と？」

「そうだね。もちろん、糖分を欲するのも仕入れの都合も偶発的な事象だ。しかし同時に、誰かの意志が入り込んでいる可能性もまた存在する。糖分でいうなら、誰かが僕に塩昆布でも大量に食わせ、その反動で甘いものを欲しがるように仕向けた、とかね。……まア、それは突飛なたとえだけれど、今回に限らず、偶然と思えることほど疑ってかかったほうがいい」

勇は神妙にうなずき、あらためて一覧を見返した。

そうだ、よく考えろ——。

ミツ子と〝共通の知人〟Aの再会が、実はAの計算ずくだったとしたら？

その場合、Aはなんらかの手段で、ミツ子が帝都に出てくる予定を事前につかんでいたことになる。彼女は〝月一の所用〟だと云っていたから、その習慣をもし姉が知っていたなら、姉から情報を仕入れることもできただろう。

姉は本当に帝都へ転居していたのか、すべてAの虚言だったのか。

それは判然としないが、Aは事実として、職の口利きまでしてミツ子を上京させた。Aもミツ子同様、報奨金目当てだったのかもしれないけれど……となると姉もAにそそのかされて帝都へ——いや、それは考えづらいか。だったらミツ子に隠す必要もないよな、と思う。

この一覧に姉の名がないのを喜ぶべきか、嘆くべきか。頭がぐちゃぐちゃで、それすらわからない。

「やはり疑わしいのは、ミツ子嬢以前の入会者だね。一、二枚目の中にAとおぼしき人物がいないか、児玉に洗い直させよう」

「……よろしくお願いします」

自分が場当たり的に動き回るより、彼らに任せたほうが格段に早そうだ。

勇は悔しさを呑み込み、トントンと一覧の角が揃えられていくのを見るともなく眺めていたのだが、

「そういえば」

と、ウィルの翠眼《すいがん》がこちらに向いた。

「きみは前に、姉君の写真はないと云っていた気がするんだが」

「はア」

「一枚も残っていないのかい？　家族写真のようなものも？」

「ありませんね」

急に何を、と思いながらも答える。姉がいなくなったとき、家じゅう探し尽くしたのだ。

それにそもそも、あんなつましい暮らしでは写真館へ行くなど夢のまた夢。

——勇ちゃんにひもじい思いはさせたくないの。

仕事のかたわら、口癖《くちぐせ》のように云っては、食事の足しにと裏の畑をいじっていた姉を思い出す。

「一枚でもあったら、姉捜しもうんと楽になったでしょうけどね……」

「そうか。姉君本人でなくとも、たとえばきみの母君が写っている写真があれば、面影ぐらいはつかめるんじゃないかと思ったんだが」

残念そうに云ったウィルの視線が、ふと、勇の腰のあたりに落ちた。

「勇くん、そこで何を？」

——しまった。

顔が強張る。

「別に何も……石を触っていただけです」

「石？」

「ええ。本当にただの石ですよ。ちょっと綺麗なだけで」

しかし彼の興味が失われた様子はなく、勇はしぶしぶズボンのポケットから取り出した。

大きさは親指の先くらい。元々は碁石のような形だったが、今は中央からまっぷたつに割れている。勇が持っているのはその片割れだが、ひときわ目を引くのは燃え盛る炎のようなその色だ。

「ガキのころ、姉と河原を探検していて拾ったんです。めずらしいでしょう、こんなに濃い赤色って」

ウィルは石を手のひらに載せ、たしかに、と眺め回す。

「まるで紅玉《ルビー》のようだね」

それを耳にした瞬間、勇は思わず息を詰めた。

「……姉もそいつを見つけたとき、おんなじこと云ってました。紅玉みたいに綺麗ね、って。ひと目で気に入ったらしくて、姉と俺とで片方ずつ持つことにして……」

「なるほど。それできみは、姉君の代わりにいつもポケットに？」

女々《めめ》しい奴だと呆れられただろうか。それでも、勇は開き直ってうなずいた。

姉を思い出すとき。

もう見つからないんじゃないか、と弱気に駆られるとき。

たとえひとりきりでも、これを握れば励《はげ》まされるように力が湧《わ》いてくる。この石は自分にとって、姉とふたりで生きてきた証だ。俺さえあきらめなければ絶対捜し出せるはずだと、根拠のない自信が身体の隅々まで満ちていく。

――ねえ勇。この石、私たちみたいじゃない？

勇は石をポケットに戻しながら、最後にもう一度強く握り込んだ。

――川の流れに晒《さら》され続けて、まぁるく角が取れて、最後はふたりぼっち。

どこか切なそうに、けれど花がほころぶように笑っていた、在りし日の姉を思い浮かべながら。


その夜、じめじめとした空気がまとわりつく雨上がりのことだった。

勇はしぶとい夕立を神田駅の駅舎でやり過ごしたあと、副島宛ての手紙を帰宅途中のポストに投函した。

そこでふと、道の先に見えたのは馴染みのある袴姿だ。

「忠太?」

つぶやいてしまってから口を押さえたけれども、後悔先に立たず。ポストの向こうで振り返った彼は、ハンチングの具合を直し、形の良い前歯をにっと見せた。

「あア、勇じゃんか。なんでここに?」

「その……、下宿がこの近くなんだよ」

勇はポストをさり気なく背にして、「そっちは?」と笑顔をこしらえた。

「新しいパーツ屋ができたと聞いてね。ほら、小川町《おがわまち》のほうだよ。前々から気になってたんだけど、今日こそ行ってみようと思って」

「そうか。そりゃいいな」

「あんたは？　誰かに手紙？」

「ん、あア……」

副島への報告書はこうして毎週送っているものの、当然それは極秘事項だ。

「郷里の遠い親戚《しんせき》が……その、心配性なものだから。こうしてときどき手紙で近況をね」

「ふぅん。あんた、殊勝なところもあるんだ。顔に似合ってるかはともかくとしてさ」

失礼な発言ではあったが、さほど関心があるわけでもなかったらしい。

じゃ、とハンチングを持ち上げ、弾むように去っていく忠太を見送り、勇は深く安堵の息を吐いた。

その後、足早に下宿へ戻った勇は、あたりを警戒しながら玄関脇の郵便受けを覗き込んだ。

古ぼけた木箱の中、白い封筒が浮かび上がって見える。表には切手も宛名《あてな》もない。――またもや副島からの指令だ。

返信したばっかりじゃんかよ、と小声でぼやき、封書片手に階段を上る。四畳半一間の自室に踏み入るなり、ぽいと文机《ふづくえ》に放り出す。

「……手紙って、こんなに気の滅入《めい》るもんだったか？」

ささくれた畳の上に寝転び、瞼を固く閉じたのだが、やはり今日も気は休まりそうになかった。

感極まって抱き合う夫婦。明日にも首をくくるつもりだったとむせび泣く男……。

繰り返し浮かんでくるのは、この三月のうちに幾度も目にした光景だ。

追い詰められたあげく、掃除屋に救われた人々。その様子を間近で見すぎて、すっかり毒されてしまったのだろうか。おかげで今や、掃除屋の内部事情をしたためることにも苦痛を覚える始末である。

――内偵失格。無能もこれほどとはな！

今夜も夢の中で副島さんにこっぴどく叱《しか》られるのか――そう思ったとたん、今度はひりつくような焦燥に襲われ、勇はがばりと身を起こした。

駄目だろ、こんなザマじゃあ。文机から手紙をつかんで、勢い任せに開封する。

……平常心で。

何も考えないように……。

呼吸を落ち着け、便箋《びんせん》をゆっくりと開いていく。

『明後日早朝、神田駅前。

其処《そこ》で配られたる引き札を拠点へ持参の事――』

見慣れた筆跡、その一字一句を漏らさず目で追ったが、塞いだ胸は微塵も楽にならない。むしろ文字の数だけ、どこまでも重みを増すようだった。

二日後。

市電を乗り継いでいつものように事務所に出所した勇は、ウィルとアヤと顔を合わせるなりペラ紙を突き出した。

「何これ。『茶話会いたしませう』？　『有名菓子店ケーキ・飲み物も御用意』……」

「さっき神田駅の前で配ってたんです。ほら、力車が客待ちしてるあたりですよ。撒《ま》いていた者の雰囲気からいってあれは――」

「白妙会だね。ついに集団勧誘に乗り出したと見える」

もっと驚くかと思ったのだが、ウィルは眉ひとつ動かさない。

「ウィルさん、もしかしてお見通しだったんですか」

「ん……、まアね。そろそろ頃合いだろうとは思っていたよ。そもそも会員がひとりずつ、個人的な伝手を頼りに勧誘するというのは効率が悪すぎる。それよりかは、こんなふうに気の利いた集まりでも主催して、参加者を一網打尽にしたほうが手っ取り早い。僕ならばそうする」

「一本釣りから仕掛け網に鞍替《くらが》え……か。けどねぇ、こんな胡散臭いお茶会、本気で行く人なんているのかしら。主催者もどこの誰だかぼかされてるし」

ねえ？　とアヤに話を振られ、うっかり黙り込んでしまったものの、幸い不審がられずに済んだらしい。

彼女は大きな目をすがめ、疑わしそうに引き札を指で弾いていた。

ところが半月後——茶話会当日。

蓋を開けてみれば、茶話会は大盛況だった。午後三時の開始までゆうに一時間はあるにもかかわらず、会場として貸し切られた有楽町のレストランには、めかし込んだ男女が続々と集まってきていた。

一方、壁際に控えた勇の襟元には、首輪のごとき蝶ネクタイ。小脇には銀の盆。慣れないチョッキは窮屈だし、衣装に着られている気がして非常にいたたまれない。

『掃除人の奸計を阻止し、適宜攪乱《かくらん》の事』

先日副島から追加で届いた指令を無事にこなせるか、それだけでも気が気じゃないのだが……。

「……もうひとり俺がほしいとこだな、こりゃ」

蝶ネクタイをひそかに緩めて、勇は重たい息を吐いた。

レストランの給仕になれ、とウィルから云い渡されたのは、駅前で引き札を手に入れ、事務所に持ち込んだ翌日のことだった。

――はァ⁉　給仕って、この俺がですか⁉

思わず声をひっくり返してしまった勇に、ウィルは爽《さわ》やかに微笑んだ。

――うん。今回はアヤがカモ役で潜入して、やくしへの接近を試みる。きみの役目は、その補佐と情報収集だね。やる気にあふれた若者がいると、支配人には先刻話をつけておいたよ。採用試験はないから安心してくれたまえ。

――ええっと……ウィルさん、そういう問題じゃなくてですね。人選にだいぶ無理がある気が……。

――どうしてだい？

――いや、だって俺、あんな立派なレストラン、敷居《しきい》をまたいだことすらないんですよ？　俺の庶民ぶりを舐《な》めてもらっちゃ困りますって。洋式の作法はもちろん、料理名だって何が何やら……。

――なるほど、それならますます好都合じゃないか。こういうのは自転車みたいなものだよ。覚えてしまえば一生困らない。

勇は「そんな！」と悲痛な声を上げたが、ウィルはわざとらしく首をかしげて寄こす。

――はて、僕の見込み違いだったか……。ぜひとも仲間に、と志願したくらいだから、それくらいの熱意はあると思ったんだがなア。

うっ、と詰まったのが運の尽き。

かくして勇は見習いとなり、半月がかりで給仕のいろはを叩き込まれたのだった。

「おい、そこの見習い！」

突然肩を強く叩かれ、勇はさまよっていた意識を引き戻した。いつの間にか後ろに立っていたのは、立派なカイザル髭《ひげ》を生やした給仕長だ。

「時間がないぞ。ぼさっとするなよ！」

急《せ》かされるがまま、茶器や菓子の載った盆をせっせと広間に運ぶ。

「……ウィルさんは今ごろ、事務所で優雅に一服、ってか……」

「何か云ったか⁉」

「いえっ、独り言です！」

慌てて仕事に舞い戻ったが、連日下僕のようにこき使われているのだ。多少うらやむくらいは許されると思う。

勇ははじめ、ウィルも今日の茶話会潜入に加わるのだろうと当然のように思っていた。ところが、彼はアヤと勇に当日の手筈《てはず》を伝えたあと、自分は司令塔に徹すると云った。行きたいのはやまやまだが、僕の容姿を覚えられるのは避けたい、と。

――ふぅん？　まア、今度はカモのふりするだけだものね。任せて頂戴。

アヤも別行動には慣れっこだと見え、余裕綽々《よゆうしゃくしゃく》だったのだが、勇は俄然不安になった。

それってつまり、現場では誰にも頼れないってことじゃないか？

アヤにはアヤの役目があるし、ウィルもいないとなれば、不測の事態も自力で切り抜けるしかない。

勇の憂い顔にウィルは気づいたらしく、

――どうしても困ることがあったら、大通り沿いの自働電話室から事務所にかけてくれたまえ。周囲の目を思うと、レストランの電話を借りるのは危険だからね。

と、そう云ってくれたのだが……。

結局、勇が給仕長の云いつけから解放されたのは、それから二十分も経ってからだった。

念のため、電話室の場所をもう一度確認しておこう。勇は吐息をこぼし、大通り側の窓辺に寄ろうとしたのだが、何気なく巡らせた首がぎくっと止まった。

広間の入り口、着飾った御婦人連れの向こう。

そこで分厚いロイド眼鏡《めがね》をかけ、長い前髪の下から周囲をチラチラうかがっている青年は、代書人の桂《かつら》の同業者だった。

たしか、吉沢《よしざわ》とか云ったか。

副島の使いで桂事務所に立ち寄ったとき、何度か顔を合わせたことがある。けれども……なんて間の悪さだ。よりにもよって潜入任務中に、こちらの素性を知る人物と出くわすなんて。

勇は急いで銀の盆で顔を隠し、距離を置こうとしたのだが、

「やアきみ、たしか前に桂さんのところで」

「……ご無沙汰《ぶさた》してます」

どこかほっとした様子でやってきた吉沢に、引きつった笑顔で応じた。俺のことなど、すこんと忘れていてくれたら良かったのに。

「ええと、ここにいるってことは、ひょっとしてきみ、ソエジマ商会から転職――」

「小遣い稼ぎなんです。生活の足しにしたくて」

チョッキをつまんで云い繕《つくろ》うと、彼は「そっか」と眼鏡の奥で瞬きした。

「僕は駅で引き札を配っていたから、物見遊山のつもりでね。でも……友達でもできないかな、なんて、軽い気分で来るところじゃなかったみたいだ」

いっそ仕事の売り込みに徹しようかな、と鼻にかかった声で自嘲《じちょう》した彼は、たしかに木綿のシャツとズボンという垢抜けない格好。この華やかな場では完全に浮いてしまっていて、心なしか目まで潤んでいる。

同情を誘われつつ、奥の空席に彼を案内すると、勇はすぐさま柱の陰に引っ込んだ。

とたん、気力で抑えていた心臓が暴れ始める。

あんな対応で良かっただろうか――

わからない。臨機応変に振る舞うには、どうしたって経験が足りない。アヤが座る予定の卓子からはとっさに引き離しておいたが、嫌な想像は膨らむ一方だ。

もしも吉沢とアヤが、じかに話すことになったら？

そして何かの拍子に、俺がソエジマ商会の社員だとバレてしまったら？

掃除屋は前々から、商社事務所の周囲を嗅ぎ回っていたくらいだ。ソエジマ商会が白妙会の隠《かく》れ蓑《みの》だなんてとっくにお見通しのはずである。

であれば当然、俺の正体がバレたら間者だと疑われて、潜入任務はどちらも大失敗……。

勇は青ざめ、柱時計に目を走らせた。

どうにかしなければ――アヤが到着する前に。


勇は広間を見回すと、さり気なく持ち場を離れて給仕用の廊下に出た。調理場の手前にある通用口をそうっと開き、隙間に身体を滑り込ませる。

通りにまろび出、脇目も振らずに向かったのは、通りの向かいの自働電話室だ。

硝子《ガラス》窓からレストランの入り口を監視しつつ、交換手に事務所の番号を告げる。数回の呼び出し音に続いて、受話器を上げる音がする。

『はい、大日本クリーンサービス』

「ウィルさんですか⁉」

『……何か問題発生かな』

穏やかではあったが、ぴんと引き締まった声音だ。勇は唾を呑み込み、急ごしらえの方便を口にする。

「……実はですね。さっき着いた客の中に、ちょっと問題のある人物が」

『問題の人物？』

「ええ。俺の記憶だと、あの男、こないだの現場にいたと思うんですよね。ほら、アヤさんと三人で出向いた繊維工場です。終わったあと、アヤさんが『あのゲス社長』って怒り狂っていたあの――」

『あア、あそこか』

「たぶん社員なんでしょうけど、俺が見張りに立っていたとき、何度も事務所に出入りしていたなと思って」

勇は湿った受話器を持ち直す。

「それで、その……俺はともかく、アヤさんは一週間近くも潜入してたじゃないですか。アヤさんの変装ならとは思いますけど、連日顔を合わせていたわけだし……。万が一にも気づかれないよう、今日は近寄らないほうがいいんじゃないかと」

『……ふむ』

回線の向こうで考え込む気配がする。

ここまで云っておけば、用心深いウィルのことだ。吉沢からはできる限り距離を置こうとするだろう。こちらとしては、アヤと吉沢の接触さえ防げればそれでいい。吉沢からまた俺に話しかけてきたとしても、忙しいふりで無視するまでである。

吉沢の年格好や人相、特徴などもこと細かに伝えると、『承知した』と返ってきた。

『アヤからは、会場入りの前に最後の連絡がある。そのときに、極力近づかないよう云っておこう。きみもアヤとの接触は控えて、目立たないようにしていてくれたまえ』

持ち場を離れたのは、せいぜい五分かそこらのようだった。逃げるように電話室をあとにし、給仕長らにも見つからずに広間に戻ると、ようやく胸のつかえが下りた気がした。

電話の声が震えなかっただけでも御の字だが、ふと気づくと、シャツが汗で濡れそぼっている。不快極まりないがあきらめるしかなさそうだ。

広間の隅に控え、すでに気力を使い果たした気分でいると、

「――今日はよろしく頼むよ」

ややあって、受付のほうから涼やかなテノールが聞こえた。

いかにも場慣れした様子で現れた若き紳士は、男装したアヤに違いない。

投資といったら男の世界。だから男装しかないわね、と意気込んでいたのは知っていた

ものの、実物は想像以上だった。

ウィルのような正統派ともまた違って、三つ揃いは大きな格子模様。柄選びの大胆さも、やけに目立つ金色のカフスも、広間の奥で縮こまっている吉沢とは月とすっぽん。〝成金投資家〟という設定にふさわしい。

ぼうっと見守っていると、彼女は受付を終え、大広間の中央を突っ切るように進んできた。

その姿勢は堂々たるものだったが、なぜか途中、戸惑ったように歩みが鈍《にぶ》った。彼女が視線を注いでいるのは広間の一番奥の卓子──全体をくまなく見渡せる席だ。

──あそこ、確保しとくようにってウィルから云われてたわよね。なんでもう埋まってんのよ⁉

アヤにキッと睨まれ、あっと声が漏れる。

す、すいません、こっちはこっちでいろいろあって……と身ぶり手ぶりで弁解してみたものの、はたして通じたのかどうか。

勇は慌てて見回し、裏通り側の出窓の正面、花が飾られていた予備席に皿やシルバーを用意した。

──広間を見渡せる席ってことなら、ここでもいいですよね？

目を向けると、アヤはこちらの意図を察して小さく嘆息した。

もういいわ、と云わんばかりに窓の前に座った彼女を見届け、勇は湿った手のひらをズボンで拭ったのだった。

「皆様、本日はお集まりいただき誠にありがとうございます」

朗々とした声が響いたのは、時計の針が三時を回ったころだった。入り口付近に立った司会者が、本日の主催だという中年の男を紹介する。

「私が代表のヤマモトです」

ようこそお越しくださいました、ぜひ心ゆくまでご歓談を……と無難な口上を続けるその顔に覚えはないが、この日のためだけに雇われた役者なのかもしれない。

勇は給仕として立ち回りながら耳をそばだてる。

一方、聴衆側に目を転じると、数十畳はある大広間に、間隔を空けて四人掛け卓子が八つ。客寄せの目玉が洋菓子だったためか、参加者の七割方は女だ。友人同士で来ている者も多い。

ヤマモトが挨拶《あいさつ》を終えたあたりでアヤの卓子をうかがうと、そちらは彼女の他に、女ふたりと男がひとり。女ふたりは連れ同士だが、あとは初対面風だ。

こんなに気を張る茶話会、任務でもなけりゃ願い下げだな。

勇としてはそんな感想しか抱けなかったが、そこは百戦錬磨のアヤのこと。彼女は菓子や紅茶が運ばれてくるたび、それを話の種に、実にたくみに場を盛り上げていた。

それにしても——。

空になった紅茶のポットを下げつつ、勇はあらためて広間を見渡した。

今回の潜入が決まったとき、勇が予想していたのはもっとこぢんまりした催しだったのだが、現実にはウィルの見立てどおりだった。

——会は盛大なものになるだろうね。そして参加者の半分、いや、三分の二近くはサクラだろう。

——えっ、サクラですか？

勇は副島の部下といえども、白妙会とはほとんど縁がないままだった。内情までは知らず、いくらなんでもそこまでは……と苦笑したのだが、ウィルは「そうだな」と人差し指を立てた。

——こうした集団勧誘において、もっとも重要なこととはなんだろう。

——ええと……。カモに警戒されないこと、でしょうか。

それも大事だ、と緑の光をたたえた瞳がふっと細くなる。

——けれど僕が思うに、肝要なのは、非日常的な空気に相手を呑み込むこと。これに尽きると思う。相手の自宅だとか、慣れた場所は極力回避する。心理的に逃げ出せない空間、というのがミソだね。そうした閉鎖的な状況で、内心腑《ふ》に落ちないところがありながら、皆が盛り上がっているからなんとなくそれに流されてしまった——そんな経験のひとつやふたつ、きみにもあるんじゃないかい？

ですね、と勇は神妙にうなずいた。

つまるところ、お茶と菓子に誘い出された参加者《カモ》を、サクラの会員数名で取り囲む。席の配置を事前に示し合わせているだけでなく、サクラの役割もそれぞれ決まっているだろう、とウィルは云った。

——白妙会に誘う役がひとりいるとしたら、もうひとりがそれに食いつく役。残るもうひとりが疑問を呈する役だ。

——え、でも……カモにわざわざ、否定的な意見まで聞かせるんですか？　かえって身構えさせるだけだと思いますけど……。

——それが魂胆なんだよ。

——その公平は本当に公平なのか、ってことよね。

うふふ、と割り込んできたアヤに、ウィルも首肯する。

——段取りはこうだよ。まずは勧誘役が儲け話を始めるとすぐ、もうひとりのサクラが飛びつこうとする。すると横から、疑問役がケチをつける。そんなうまい話があるか、こういう場合はどうする、と誰もが一度は思うような疑問を並べ立てていく。むろん、口裏は合わせてあるから、どんなに詰め寄られても答えに窮することはない。カモられるような者ならそもそも流されやすいし、傍《そば》でやり取りを聞かされるうち、カモもだんだん納得し始める。実際には他人の考えをなぞっているだけにもかかわらず、自分も議論を尽くした気になってくる。

——ん……懐かしいわね、その手口。あたしもちょくちょく使ったものよ。婚約者《カモ》に儲け話を持ちかけるときとか、あれこれ突っ込まれそうなときにはとくに効果バツグン。不安があるなら取り除いてあげればいいのよ。サクラを使ってね。

艶っぽく口角を上げたアヤは、すっかり元詐欺師の顔である。

もしも彼女に狙われたら、逃げ切れる気がまったくしないな……と想像をたくましくしていると、

——安心なさい。金のない男はお呼びじゃないから。

浅草オペラのスタアよろしく、極上の笑顔をにこっと向けられ、勇は複雑な気分で嘆息した。

——ともかく、そうしたやり取りを重ねて、疑問役が「それなら安心だ」と手のひらを返すころには、カモは勧誘役に好感すら抱いているだろう。

ウィルは苦笑を引っ込めると、ふたたび憂いを見せた。

——あれだけの疑問にも怯《ひる》まず答えた、こんなに誠実な人が勧めるものなら信用できるはずだ、とね。まわりの全員が賛同者という、そういう状況に置かれてもなおグラつかず

にいられる人間は少ない。流されてしまうか、怒って退席するかだが……退席するような者はカモではないから、カモさえ残ってくれればいい。

さらにウィルは、白妙会にとっても試金石となるこの茶話会会場に、会の幹部が現れるのではないかと踏んでいた。

そう——。

今日の掃除屋のもうひとつの目的は、つまりそれである。やくしへの謁見を狙うかたわら、幹部にも接触できるかもしれない。彼らには願ってもない話だろう。

とはいえ残念ながら、その目論見《もくろみ》は副島にも報告してあるため、いくら期待したって幹部は現れないのだが。

一時はどうなることかと思ったけど、ここまで来れば終わったも同然だな。

勇はふうと胸を撫で下ろし、アヤの背後の窓辺に視線を投げた。

「えっ、そんなに⁉」

アヤの声が響いたのは、歓談開始から小一時間が経ったころだった。

気づけばウィルの読みどおり、サクラによる勧誘が各卓子で本格化していた。聞き耳を立てれば、誰がサクラで誰がカモなのか勇にも云い当てられそうだ。

アヤの卓子でいえば、ふたり連れの女が勧誘役。残る男が疑問役だろう。

他の卓子のカモは戸惑う者、不快感を見せる者などさまざまで、勇はそういえば……と吉沢の卓子に目線を移した。が、なぜか彼の姿が見えない。場違いだと悔やんでいたようだし、早々に帰ったのだろうか。本当に友人を作りたかっただけなら気の毒だったな、と今さら思う。

「そうかア。僕、ちょうど投資先を探していたんだよね」

弾んだ声が聞こえ、意識を引き戻すと、アヤはまさに勧誘役の女ふたりから熱弁を振るわれている最中だった。

「――ええ、ええ。もちろんいくらか負担はありますけれど、すべてはやくし様のご加護をいただくため」

「ご友人に広めれば広めるほど、その何倍にもなってお返しいただけるんです」

「それに何より、ご友人方の心まで救えるんですもの。これはもう、慈善事業と云って差し支えありませんわ」

「慈善事業か」

いいな、とアヤは聞こえるように漏らす。

「でしょう？　あなたもやくし様をご覧になったら絶対感激しますから……」

「へぇ、きみたちに会えたときより？　どうすればお目通りが叶うのかな」

甘い声でアヤに迫られ、女たちの頰が真っ赤に染まった。

無駄に色気を垂れ流すのはどうかと思うが、絶妙な食いつき方だ。こんな調子だったら、やくしにたどり着かれるのも時間の問題じゃないか？

勇は思わず顔を曇らせたが、アヤの巧言は止まらない。閉会までの数十分のあいだに、彼女はやくしへの拝謁を易々《やすやす》と取りつけたようだった。

「長田《ながた》様でしたか」

代表のヤマモトがおもねるように腰をかがめてやってきたのは、閉会の挨拶を終え、残っている参加者もまばらになったころだった。

さっきの勧誘役が、上客がいると帰り際に耳打ちでもしたのかもしれない。

「我々の事業にご関心をいただけたようで」

「ええ。時代を先取るとはまさにこのこと。実に興味深いですよ」

居残って広間の様子を見張っていたアヤも、立ち上がって笑顔で応じる。隣の卓子を片づけている勇には一顧だにくれず、経済談義に花を咲かせている。

にこやかに談笑するアヤ。その背後には出窓。

勇は皿を下げていた手を止め、窓の向こうの裏通りにふと目をやった。

——副島さん、見えましたか？

俺、云われたとおりにやりましたよ。気を張りっぱなしでもうくたくただし、今日はこれでお役御免ってことで……そう思った瞬間だった。

パンッと乾いた音が広間の空気を切り裂いた。

「え……」

間抜けな声を発しながら、勇は赤い飛沫《ひまつ》が飛び散るのを見た、気がした。

目を移せば、白い卓子クロスにも赤黒い染みが点々とついている。キャーッと悲鳴が上がり、残っていた参加者や給仕が一目散に逃げていく中で、窓を取り囲むように硝子の破片が散乱しているのにも気づいた。

なんだよ、これ。

…………いったいなんなんだよ。

勇は衝撃のあまり、そのまま思考を手放しそうだった。だが卓子の向こう、壁にほとんど身を預けるようにしてアヤが立っていた。

顔は歪み、左腕はだらりと床に向かって垂れ下がっている。右手でその肩先を押さえてはいるけれども——上着ににじんでいるあれは、血？

「ア……長田さん!!」

全身の毛が逆立つのを感じながら、勇はまろぶように彼女に駆け寄る。持っていた白布《ふ》巾《きん》をとっさに肩へとあてがった。

「これ……もしかして撃たれて……」

「やっぱり？」

彼女は気丈にも薄く笑ってみせたが、いつもの歯切れの良さはない。

「なんで、アヤさんがこんな」

「潜入がバレたってことでしょ。そんなことより、ほら、また狙われないうちに逃げなきゃ。……あの男を見習ってさ」

顎をしゃくられ、傷口を押さえたまま振り向くと、参加者を突き飛ばして逃げるヤマモトの姿が見えた。それでも主催者かよ、と怒鳴りたくなったが、今はそれどころじゃない。

「……っ。アヤさん、でもこれ、まだ血が」

「落ち着きなさい。この布巾で上から縛って。……そう、ぎゅっとね。遠慮しなくていいから」

云われるがまま、血に染まった肩を震える手で縛り上げる。

それから自分の肩を貸し、ふらつく彼女を支えて通用口から脱出した。物陰伝いに逃げながらも頭の中が痺れてしまっているようで、勇にできたのはただ、アヤの無事をひたすら祈ることだけだった。

二十分後、勇たちは事務所の裏手で黒光りするT型フォードを降りた。この怪我《けが》で市電に乗るのは厳しいから、流しのタクシーを捕まえられたのは幸いだった。

カフェーを突っ切り、もつれ合うように事務所に駆け込む。

「首尾はどうだったー？」

ウィルはどこかへ行っているのか、のんきに現れたのは忠太だけだったが、彼はこちらを見るなり表情を凍《こお》りつかせた。

「ちょっと待ってて！」

と衝立の奥に引っ込み、小脇に何か抱えてまた飛び出してくる。

「……救急箱？　あんた、いつの間にそんなの……」

アヤはソファーに身を沈め、だるそうに前髪をかき上げた。思い出したようにずるりとカツラを取ったが、唇が青白い。額には玉の汗が浮かんでいる。

「いいから黙って！」

「……喋ってたほうが気が紛れるのよ」

不本意そうに顔を背けたアヤの上着を、勇は忠太と手分けし、慎重に脱がせていった。シャツの肩まわりは血を吸い、肌に張りついている部分もある。

無理に脱がせるより、鋏《はさみ》で切り開いたほうが良さそうだ。そう判断した忠太が、シャク、シャク、と裁《た》ち鋏《ばさみ》を進める。アヤの薄そうな皮膚が少しずつ現れる。

その間、忠太は眉根を寄せ、じっと手元に集中していたのだが、やがて切り終わると同時に耐えかねたように呻いた。

「僕……、みんなの任務中はここで留守番してることが多いだろ。暴力沙汰とか見たくもないし、だったらここで待ってたほうがいい。けど、いつか、ないに越したことはないけど、でもいつか、こういうことが起こるかもしれないとは薄々思ってた」

「それで——応急処置も習ったのか？」

尋ねた勇に、忠太はうなずいてみせる。

患部を消毒し、包帯を巻く手つきは初心者のそれとは思われず、習ったうえにひそかに練習を積んでいたのは明らかだった。自分はオロオロするだけ、患部を押さえるだけで精いっぱいだったのに。

「傷、どうだ？」

祈るような心地で、勇は重ねて訊いた。

「ん、見た目の出血ほど酷《ひど》くはない……かな。すぐに圧迫して、ここまで縛ってきたのも良かったんだと思う。撃たれたといっても掠めただけみたいだし、これならちょっと大きめの擦り傷ってところじゃないかな」

「本当か⁉」

「うん。けどこれ、あと少しでもずれてたら、こんな救急箱じゃなんにもできなかったよ。とっさに避けたの？」

「はっきり覚えてるわけじゃないけど……なんか一瞬ぞわっと来たのよ」

「脳味噌《のうみそ》より先に身体が動いたってわけだ」

いかにもアヤだな、と忠太が調子を取り戻して皮肉っぽく笑う。

そのとたん、張り詰めていた緊張の糸が切れ、勇はその場にへたり込んだ。とはいえ、包帯の巻かれた華奢な肩は傍目《はため》にも痛々しい。

傷痕《きずあと》が一生残るかもしれない——そう思ったら、自分をめちゃくちゃに殴ってやりたくなった。

ただただ、窓際に彼女を導いた自分、これでお役御免だと浮かれてさえいた自分がおぞましかった。

「いやぁね、勇ったら」

顔を上げると、アヤがソファーの上で半身を起こしていた。

「そういう男泣きは、姉さんが見つかったときのために取っときなさい。あたしなんかに無駄使いしても意味ないわよ」

「……でも！」

乱暴に頬を拭い、そこではたと気づいて、また目頭が痛んだ。勇、と名前を呼ばれたのはこれがはじめてだ。

「あのねぇ。危ない仕事だっていうことくらい、こっちは覚悟のうえなのよ。そんなことより、ねえ、撃たれたのがあんたでなくて良かった。ぴんぴんしてるあんたを見た瞬間、ほっとして倒れそうになったんだから。だってもし、新入りに怪我させたなんてことになってみなさいよ。それこそあたしの名折れ。寝覚めが悪いったらないわ」

アヤはことさらなんでもないふうに云い、罪悪感を薄めようとしてくれる。けれども、むしろ彼女の優しさが伝わるほど、勇の心は引《ひ》き攣《つ》れるように痛んだ。

なんでそこまで俺のことを——。

俺は皆を裏切ったあげくに怪我までさせたんだぞ？　気が済むまで詰《なじ》ればいいじゃないか。あんたら、揃いも揃ってお人好《ひとよ》しすぎるんだよ。

きつく目をつぶっても、鼻腔《びこう》の奥の痛みは消えない。

身体に染みついた血の匂いに、どこまでも責め立てられているようだった。


ウィルが事務所に戻ったのは、忠太が応急処置をあらかた終えたころだった。

児玉と上野駅で落ち合い、書類を受け渡していたという彼は、アヤの肩を見てかすかに息を詰めた。

「……有楽町で発砲騒ぎがあったと聞いて、至急戻ったんだが……。そうか、本当に済まない……僕が副島を甘く見すぎていたんだな……」

「何よ、あなたまで辛気《しんき》くさい顔しないでくれない？　痛むといったら痛むけど、でもそれだけなんだから」

ウィルを待つあいだ、表のカフェーから出前してもらった紅茶のおかげもあるのだろう。アヤは誰より先に立ち直ったように見える。

が、ウィルは動揺の気配を瞬時に消し去ると、それでもだ、と彼女をたしなめた。

「こういうのを軽く見てはいけない。化膿《かのう》の恐れだってあるだろう。僕の知り合いの医者に連絡するから、診てもらってきたまえ。今すぐに、だ」

アヤは頬を膨らませ、逡巡《しゅんじゅん》するそぶりを見せていたものの、結局は包帯の肩に上着を引っかけ、「はぁーい」と事務所を出ていった。

その常ならぬ素直さを見るに、痛みはその実、かなりのもののようだった。

「……さて」

日が傾き、男三人が残された薄暗い部屋で、ウィルは仕切り直すように口火を切った。

「先ほどの銃撃だが、凶器は小型の拳銃《ピストル》。窓際で撃たれたということは、十中八九、その裏通りに狙撃手《そげき》が潜んでいたと見ていいだろう」

拳銃は高価ではあるけれども、巷の銃砲店で売られている。金持ちの道楽、または護身用であるため、庶民には馴染みが薄いが、まったく入手できないものではない。

「アヤが深手でなくて幸いだったが……非情かつ大胆なやり口から見て、今回はすべて副島宗親――あの男直々の采配《さいはい》だと思う。アヤが我々クリーンサービスの一員であると確信しての犯行だろうね」

「迷いがあっちゃ、拳銃なんてぶっ放せないもんなァ」

ソファーでそっくり返っていた忠太が、唸りながらも同意する。

「でもさア、てことはそれ、こっちの潜入計画が筒抜けだったってことじゃない？　アヤは変装してたんだし、でなきゃ外に狙撃手を潜ませておくなんて……あ、予定じゃ、席は一番奥だったんだっけ」

ウィルはうなずく。

「僕はそう云ったんだが」

「だったらアヤの奴、なんでまた窓際なんかに……。勇、あんた何か知ってる？」

とっさにかぶりを振ったが、顔を上げられない。

黙って首をかしげる忠太や、ウィルの沈んだ表情。そうしたひとつひとつに咎められている気がして、たまらず唇を嚙み締める。

『掃除人の奸計を阻止し、適宜攪乱の事』――

先日副島から届いた指令には、こう続きがあった。

『茶話会に紛《まぎ》れ込《こ》んだ鼠《ねずみ》を、裏の窓辺まで導け』

一読したとき、妙な気はした。掃除人の顔をこの目で確認するため――そう書き添えられてもいたが、そんな理由でわざわざ、副島が大衆向けの茶話会なんかに出向くだろうか？　ただでさえ多忙を極めているはずなのに、と。

その違和感は、たしかに胸の片隅《かたすみ》にあった。あったものの、副島さんには副島さんの考えがあるのだろうと、勇は指示どおり、わざと席を確保しないでアヤを窓際にいざなった。

その結果が、これだ。

まさか拳銃なんてものまで持ち出すとは……いくら掃除屋が目障《めざわ》りだといっても、どうしてそこまでするのか。待ち伏せて狙《ねら》い撃《う》ちするなどという蛮行、知らされていれば絶対に許さなかったのに。

――きみ、ライスカレーは好きか？

胸の奥深くにしまわれていた、やわらかな声音。折に触れて勇の心をあたためてくれていたその記憶が、今は懐かしいより苦しかった。

浮浪者寸前だった自分を支え、憧れさせてくれたあの人と、非道な行為がどうしても結びつかない。納得できるだけの理由を聞かせてもらわなければ、きっと俺はどこにも進めない。

勇は拳を固め、無言で立ち上がった。

事務所を飛び出す直前、ウィルと忠太の声が背後から聞こえてはいたけれど、勇には戻れる気がしなかった。……たぶん、もう二度と。

4章

カフェーから転がり出た勇《いさむ》が向かったのは、上野広小路《ひろこうじ》沿いの最寄りの自働電話室だった。

ミツ子《こ》が殺されたときもこうだったな、とふと思い出されたものの、今の混乱はあの日以上だ。憤りや、悔しさや、ありとあらゆる負の感情が体内で吹き荒れている。勇は喘ぐように息を継ぎ、交換手に番号を告げる。

つながるのを待ちつつ、昂《たか》ぶった神経を少しでも落ち着けようとしたのだが、

『勇か』

取り次ぎもなく、突然耳朶を打った声にビクッと震えた。

商社の退勤時刻を過ぎているとはいえ、自分がこうしてかけてくるのを見越していたみたいだ。『何か問題でも？』と白々《しらじら》しく尋ねる副島《そえじま》に、思わず逆上しそうになる。

「わかってるでしょう、さっきの銃撃の件です。副島さん、手紙じゃ掃除屋の顔を確かめたいとしか……なのになんです!?　いきなり発砲するだなんて聞いてませんよ！」

電話機の隣に拳を振り下ろすと、嵌《は》め殺しの硝子《ガラス》がビリリと震えた。

手違いだったでもいい。ちょっと脅しただけ、でもこの際構わない。殺そうとしたんじゃないと弁解してくれ……！

胃が焼き切れそうな思いで受話器に集中する。

『――勇』

だがしかし、再度名を呼ばれたその刹那《せつな》、電話室内の温度がすっと低下した。

『失望させてくれるな、と云ってあったはずだが……。奴らと戯《ざ》れるうちに情でも移ったか？』

聞いたこともない低音、苛立ちがありありとにじんだ声。

誰だ、いま俺が話しているのは――。

喉元に刀を突き立てるような剣呑《けんのん》さに、細かな震えが這《は》い上《あ》がってくる。

『銃撃銃撃と騒ぐが、あんなもの挨拶にもなっておらん。目に物見せてやればまだしも、どこかの下手糞が弾を外したからな。しかしそれしきのこと、お前も承知済みだと思っていたが……今さら何が不満だ？　窓辺まで手引きしたのが誰か、忘れたわけではなかろう』

「お、俺はただ、副島さんの手紙にあったとおりに……！」

『……なるほど。すべては俺のせいか。己の行為には目をつぶっておいて、何か起これば被害者面して云い訳、云い訳……。そんなどうしようもないクズ、愛《いと》しの姉とて再会したくあるまい』

「……っ」

唇にじわりと鉄の味を覚えながら、どうして、と勇は思う。

掃除屋に潜入して以来、俺はどれだけの書簡を送ってきた？　構成員はこうで、今動いている案件はこうだとか。ウィルたちに後ろめたく思いながらも、包み隠さず内情を記した。

不本意ながら、掃除屋たちに絆されそうではあったし、思わぬ居心地の良さに戸惑ったりもしたけれど、それでも副島さんのため、白妙会《しろたえかい》のため、感情を押し殺して走ってきたつもりだった。それなのに――。

「返せよ！」

勇は震える拳を、ふたたび窓硝子に叩きつけた。

『何？』

「俺の気持ちだよ。なア、失望したってんなら俺も同じだ。拾ってくれたあんたを、俺がどんな思いで見てたか……！」

見上げた姿はまるで、歳の離れた自慢の兄だった。社長として、多くの社員を束《たば》ねて辣《らつ》腕《わん》を振るう彼の背中はいつだって眩しかった。

そんな彼に目をかけてもらっているのだと思うと、誇らしくてたまらなかった。

「云ってただろ、いつか俺を右腕にするって。あれも嘘だったのか。あんなに真剣に、ことあるごとに云ってたじゃないか」

『は、本気にしたのか。俺がお前を？　片腹痛いな。相手の望む言葉をくれてやるのは人心掌握の基本だ。違うかな？』

「……っ……！」

叶うものなら、胸ぐらをつかんで引き倒してやりたい。こんな奴のせいで、アヤさんは酷い怪我まで負ってしまった。憎しみが泥のようにこみ上げてきたが、指先はおろか、乾き切った舌もぴくりとも動かせず、いっそうの悔しさが勇の心を覆《おお》い尽《つ》くした。

この男にとってはきっと、人は手駒《てごま》でしかないのだろう。ただ、目的のために動かすだけ。不要になれば躊躇《ちゅうちょ》なく切り捨てる。

なんという冷酷。

だがそのとき、電話機に額を押しつけながら、勇はまさかと目を剝《む》いた。

「あんた——ひょっとして、ミツ子さんのことも」

『ミツ子？』

「もう忘れたのか⁉　こないだ路地で刺し殺された、後藤田《ごとうだ》ミツ子だ！」

考えるような間が空いたのち、ふ、と息の漏れる音がする。

『あア、云われてみれば……そんな女もいたな。昔、俺が引っかけてやった奴だろう。会を作ったばかりのころは、俺も会員を増やそうと躍起になっていたからな。あの女はその点、ちょっとおだてただけで済んだ。それにあれでも、何人か引っ張り込めたようだからな。存外使えたよ』

「……嘘だろ……」

まさかこいつが、あれだけ探した〝共通の知人〟？

見抜けなかった自分に反吐《へど》が出そうで、うまく息が吸えない。視界もみるみる翳っていく。

「……なのに、か」

『ん？』

「なのにあんたは、ミツ子さんを殺したのか」

『それがどうした。つまらん女でも、俺のことをぺらぺら喋られてはかなわん。お前は暴発しそうなものまで、後生大事に抱えておくのか？』

唖然《あぜん》とした勇の耳に、もういいか、と鬱陶《うっとう》しげな声がする。

応《こた》える間もなく、ブツリと電話が切れた。勇は狭い電話室の中、壁に背中を押し当て、ずるずるとへたり込んだ。

涙も拭わず、自身を掻《か》き抱《いだ》くように腕を回すと、シャツの下にはびっしりと鳥肌が立っていた。

一時間後。

勇は市電のレールをたどり、暗くなった御徒町《おかちまち》付近をあてどもなく歩いていた。ライトを点して近づいてきた市電を避け、停留場の脇でぼんやりと立ち止まる。

この市電に飛び乗り、事務所に戻ったら、ウィルたちが帰りを待っていてくれるかもしれない。そんな甘えた考えがよぎったものの、これまでの自分の所業も思い出されて足が竦んだ。

俺はこの四ヵ月ものあいだ、彼らを裏切り続けていた。

掃除屋の情報を流していたうえ、怪我人まで出してしまったのだ。なのに今さら、どの面下げて戻れるというのだろう。

それに――ずっと捜していた、ミツ子と姉の〝共通の知人〟。そいつが副島だったというなら、奴は姉の行方も知っているかもしれない。

それも問い詰めてやればよかった、と後悔の念が起こったが、それよりむしろ、間者としてこれまでに集めた情報の量を思うと、自分もとっくに用済みなんじゃないか？　そんな考えがふいに浮かんで、頭から離れなくなった。

俺も消される？

ミツ子みたいに路地裏で刺されるのか、すれ違いざまに銃で撃たれるのか――。

想像してしまったが最後、物陰という物陰が急におどろおどろしく思えて、慄然《りつぜん》と立ち尽くす。

逃げなきゃ。

――でも、どこへ？

下宿……は駄目だ。副島が今ごろ、殺し屋を放っているかもしれない。誰かを頼ろうにも、知人は副島の関係者ばかりだ。掃除屋にももう頼れない。

うなだれた目線の先、泥まみれの短靴は夜目にもわかるほどみすぼらしく、自分がますます情けなくなった。

俺はどうしたらいいんだろう。こんなときに姉ちゃんがいてくれたら……。

通行人と肩がぶつかり、舌打ちが聞こえる。

まだ夜は浅く、そこそこの往来があるというのに、この身体のぶんだけ世界から切り離されてしまったかのようだった。

「あらっ、あんた」

背後で声がしたのは、市電が走り出すのをまた一本、線路脇でぼんやり見送ったときだった。振り返れば、風呂敷《ふろしき》包みを抱えた中年女が小さな目を瞬いている。

「あ……桂《かつら》さんの事務所の……」

たしか、キヨとかいう事務員だったか。停留場で降りたところらしい。

しかし世間話ができるような心境でもなく、会釈だけで去ろうとしたのだが、彼女は「どうしたんだい」と表情を沈ませ、息子を案じるように見上げてきた。

「あらまア、濡れ鼠みたいな顔だよ……。こんなにお月さんの見事な夜だっていうのに」

「いえ、なんでも」

勇は反射的に顔を背ける。取り繕ったつもりだったが、それでも酷い形相《ぎょうそう》だったのだろう。

彼女は追及をやめ、何か考えるように押し黙ったあと、うん、と心得顔で微笑んだ。

「困りごとだね？　なら、いっぺん〝やくし様〟にお会いしたらいいさ」

「えっ」

思わず目を瞬いてしまった。

キヨも白妙会の会員だったのか？

だが、考えてみれば何も不思議はなかった。過去には、副島みずからミツ子を白妙会に引き入れたくらいだ。おそらく副島から桂、さらに桂から彼女へと、会員の輪は順当に広がっていったのだろう。

そして次は俺、か。

皮肉な気分になったが、彼女が純粋に善意で云っているのもよくわかる。

「あんた、白妙会ってのは知ってる？　やくし様っていうのはねぇ……」

知ってます、と云うわけにもいかず、ぎこちなく相槌《あいづち》を打っていると、今度はふとした疑問が頭をもたげた。

俺ははたして、知っていると本当に云えるのか？

やくしといえば、前に本部ビルで大規模な集会があったとき、白い法衣に全身包まれた姿を遠巻きに見たことがある。だけど、自分が目にしたのはそれだけ。歳も性別も知らない。神秘性を演出するという副島の方針に従い、徹底的に素性を伏せられている、と幹部の誰かが云っていたっけ。

興が乗ってきたのか、キヨは嬉々として喋り続けている。

「やくし様ってえのは、ホント、薬師如来様がおいでなすったみたいでねぇ。あたしくらいの歳になると、あっちやこっちにガタが来るだろう？　肩が上がらなくなったと思ったら次は膝、とかってね。痛いのも皆、誤魔化し誤魔化しやってくしかないと思ってたけど、やくし様に御手を翳された日にゃあ、もう、たまげたどころの騒ぎじゃなかったよ。古傷の疼《うず》きなんかもすーっと消えちまってさ。こう、何かに包まれているみたいにあったかくなって――」

ぞわ、と冷たいものが背中を這った。

今、なんて云った？

勇は血相を変え、「もう一回！」とキヨの二の腕をつかんだ。

「え？　なんだい？」

「今の話だよ！　手を翳すとどうとかって」

「あア、それかい。そうだよ、本当にちょいと翳すだけなんだ」

どれ、と勇の右手を取ると、彼女は肌から三寸ばかり浮かせ、手のひらで何かを撫でるような仕種をした。

「……こういう感じさ。あたしのごつごつの手じゃあ、そんな奇跡起こりっこないがね」

あっはっは、と豪快な笑いが起こったものの、勇は愛想笑いも作れなかった。

そんな――冗談だろ。

頭の中が沸騰しそうだ。考えがもつれて、嘔気《おうき》のようなものまでこみ上げる。

「え、ちょっとあんた⁉」

困惑するキヨの声が背中にかかった。

けれども構わず、勇は走り始めた。向かうべき場所も定かでないまま、息継ぎも忘れて闇雲に駆け続ける。

ただひとつ、いま云えることがあるとするなら、確かめねばならないということだ。

俺はもしかすると、己の足元にも気づかず駆けずり回っていた大馬鹿野郎だったのかもしれない。

その夜、深夜の月明かりに照らされたソエジマ商会本部ビルは、昼間よりも威圧感を増していた。

丸ノ内という場所柄ゆえか、通行人の姿はない。日中この界隈であくせく働いているサラリーマンも、とっくに家路について布団の中だろう。

市電の終電も過ぎ、等間隔に点っている瓦斯灯《ガス》だけが淡い光を放っていて、おかげで闇はよりいっそう濃さを増し、勇の姿をうまい具合に包み隠してくれている。

勇は壁伝いにビル側面へ回ると、縦に六つ並んだ西洋風の露台《バルコニー》を仰ぎ見た。

六階建ての本部ビルのうち、勇が通っていた商社事務所は地上階の一角を占めている。

副島に拾われた当初、いいか、と勇に云い含めたのは幹部のひとりだった。

――これより上は我々幹部の宿舎だ。不用意に立ち入らないのは当然として、中でも最上階にはけっして近づいてはならん。あそこに立ち入れるのは副島社長だけだからな。

当時はふぅんと聞き流してしまったが……今思えばそんなの、〝やくしはそこにいる〟と云っているようなものじゃないか！

呆れ半分、悔しさ半分で視線を剝《は》がし、己の右手を見下ろす。そこに握り締めているのは、先刻、掃除屋の事務所に忍び込んでかっぱらってきたロープだ。先端に忠太《ちゅうた》特製・強力鉤爪《かぎづめ》がついた、いわゆる侵入道具のひとつである。

悪いな、勝手に拝借して。

宵っ張りの忠太と鉢合わせずに済んだのは幸いだったが、悠長にしている暇はない。

「……よし」

勇は深呼吸を終えると、鉤爪側をビルの中ほど目がけて投げつけた。はじめは要領をつかめなかったものの、粘《ねば》り強《づよ》く飛ばし続けた甲斐《かい》あって、十数度目に露台の手すりに鉤爪が絡んだ。

副島以外は立ち入れない？　だったら幹部連中にさえ気づかれなきゃいいんだ。

唇をぺろりと舐めつつ、ロープを支えに外壁を登っていく。

思った以上に緊張していたのか、露台を足がかりに一階ずつ身体を引き上げていき、最上階まで到達したときにはどっと汗が噴き出た。

露台に身を伏せ、そっと掃き出し窓の奥をうかがう。しかし分厚いカーテンの隙間には何も見えない。横たわっているのは、ただ、塗り込めたような深い闇。

やくしも一日のお勤めを終え、就寝中のようだった。

勇は身体を起こすと、物音がないのを再三確認してから、窓枠の隙間に持ってきた曲《かね》尺《じゃく》を差し込んだ。それをゆっくり跳ね上げてやると、かすかな音を立てて窓の掛け金が外れる。

窓枠に手を添え、そうっと滑らせていく。

外まで聞こえそうなほど鼓動が激しい。気づかれないよう、やくしの眠りを破らないよう……。細心の注意を払って窓の桟に片足をかける。

そのとき、

「――誰？」

押し殺した声とともに、前方の暗がりから衣擦《きぬず》れの音がした。

とっさに部屋に飛び込んだものの、勇はカーテンの陰に隠れたところで凍りついた。懐かしさだとか、そういった感情が湧く間もなく、奥から現れた襦袢《じゅばん》姿に目が吸い寄せられる。

同じくこちらを食い入るように見ているその人――やくし――は、紛《まが》うかたなき姉だった。

「姉ちゃん……！」

予想どおりだったことより、いさむ、とわななく唇に心が掻き乱される。姉も姉で、突然現れた弟に言葉を失っている。

だがしかし、勇が何か云うより早く、彼女は我に返ったように首を振った。

「逃げなさい」

「えっ」

「早く！　あの人に気づかれたら――」

云いながら駆け寄ってきた姉は、勢いよくカーテンを開け放った。が、月明かりがその横顔を碧々《あおあお》と照らしたのも束の間、痛いほどの人工の光が視界を灼《や》いた。

手庇《てびさし》をして振り返ると、軽薄な笑みを浮かべ、副島が奥の扉から悠々と入ってくる。

「勇。会うのは久しいな」

視線が交わった瞬間、かっと全身の血が沸き立つ。

「……よくも騙してくれたな」

怒りを込めて睨みつけてやったが、副島は「はて」と口角をつり上げた。

「やくしのことを云っているなら、お門違いもはなはだしいぞ。『姉を捜してくれ』とは聞いたが、俺はそもそも『知っている』と云った覚えはない」

「……っ、この期に及んで……！」

「それが事実だからな。万が一にも嗅ぎつけんよう、お前を遠ざけてはおいたが、よもやここまで鈍いとは……。そのぶんだと、監視のために俺に飼われていたのにも気づかずじまいか？」

勇は目を剝き、にやついている男に飛びかかる。

だが悔しいかな、奴の体格は自分よりひとまわり上。軽々といなされたうえ、腹に強烈な拳を食らった。

「やめてぇ！」

視界の端《はし》から姉が駆け寄ってきて、副島につかみかかろうとする。副島は軽く眉を寄せると、羽虫でも追い払うように彼女の頬をぶった。

華奢な身体がよろめいて倒れる。

「姉ちゃん！」

勇の叫びも虚しく、姉は控えていた副島の部下らにたちまち囲まれ、寝台のほうへと引き離されてしまう。

「どうだ、芋虫のように這いつくばる気分は。ん？」

副島は薄笑いを浮かべたまま、床で丸まる勇を憐れむように見下ろした。

「憎くてならないという顔だな。負け犬には似合いだ」

「黙れよ……」

げほっと咳《せ》き込《こ》みながらも、涙目で睨み返す。

と、いくらか溜飲《りゅういん》が下がったのか、副島は「何が知りたい？」と腕を組んだ。

「え……」

「お前、先刻電話を寄こしたときには、まだやくしのことなど頭にもなかっただろう。それが掃除屋に吹き込まれるでもなく、自力で真相に気づくとは、正直意外だったんでな。ここはひとつ、それに免じて何か聞かせてやってもいい。何が希望だ？　まずは俺とやくしの馴《な》れ初《そ》め、というのはどうだ」

「馴れ初めって」

掠れた声でつぶやき、勇は絶句する。

「……そうか。そうだったんだな。〝共通の知人〟だけじゃない——食堂に来ていた〝都会っぽい男〟も、正体はあんたか」

「ほう。俺はそんな呼ばれ方を？」

初耳だな、と愉快そうに目をすがめた副島を、勇は力の限りに睨み返した。

容赦なく拳を叩き込まれた腹が、じくじくと痛んでいた。

＊＊＊

日本中が未曾有《みぞう》の好景気を享受《きょうじゅ》していた、約四年前。当時二十代だった副島は、帝都の片隅でゴロツキを束ねるかたわら静かに野心を燃やしていた。

何しろ商売はなんでも大繁盛、農村では絹の羽織が流行り、物とあらば片っ端から暴騰した時代である。株式投機は庶民にも広がりを見せ、そしてそれは副島も例外ではなかった。

彼は生まれながらの勝負師の資質を発揮し、わずか半年足らずで小成金を名乗れるほどになったのだが——世間が浮き立てば浮き立つほど、それを眺める彼の目は急速に醒《さ》めていった。

この異様な好況は、欧州大戦の恩恵を受けているだけ。その竹篦返《しっぺいがえ》しはとてつもなく大きいはずだ。

やがて戦後恐慌の波に襲われたあと、自分は何をすべきか。没落を免《まぬが》れるにはどんな手立てを講ずるべきなのか。

じりじりと導火線が短くなっているというのに、答えが見つからない。

そんなもどかしさが、副島の苛立ちを煽り、なけなしの余裕を日ごとに削っていた。

そうしたある日のこと。

中野で所用を済ませた副島は、ふらりと長野方面行きの列車に乗り込んだ。帝都とは反対方向だと気づきながらも、積み重なっていた鬱屈《うっくつ》が悪さをしたのだろう。

適当な駅で降り、ちらつく雪の中を目的もなく歩く。憂《う》さ晴《ば》らしのごとく、雪をかぶった砂利を蹴り上げる。

と、ここいらではまだめずらしい車に轢《ひ》かれでもしたのか、数歩先に小汚い毛玉が横たわっていた。近寄ってみれば、子猿か何かのようだ。

俺の行く手を塞ぐつもりか？

かっと頭に血が上って革靴で蹴り抜くと、その毛玉は襤褸切れのように飛んでいって道端の雪溜まりに落ちた。

手応えはおろか、なんの音もしなかった。

――あっ……！

若い女の声がしたのは、それから間もなくだった。

振り返ると、綿入れの着物に印半纏《しるしばんてん》を羽織った女が、子猿の落ちたあたりに駆け寄っていた。副島が覗いたときにはとうに虫の息だったが、死んではいなかったらしい。女は手が汚れるのも構わず急いで抱き上げる。

そんなもの、捨て置けばいいものを。

副島は鼻白み、すぐさま踵を返そうとしたのだが、女はどこか思い詰めたような風情で瀕死《ひんし》の子猿に片手を翳した。

何をする気だ？

副島もつられて女の動きを凝視する。

と、その直後、潮が引くかのごとく、毛皮ににじんでいた赤黒い血がすうっと消えていき――あとには少し薄汚れているだけの、すやすやと眠る子猿が残った。

副島は瞬きも忘れ、その神々しい光景に呆然と見入っていた。

――おい！

緩んでいた女の横顔が強張ったのは、副島がやっとの思いで声を上げたときだった。

――そこのあんただ。今、いったい何を……。

——な、なんでもありません。

女は毛玉を腕の中に隠し、こちらも見ずに立ち去ろうとする。

副島は大股《おおまた》で詰め寄り、「誤魔化すなよ」と女の手首をつかんだ。理由は定かでないが、こいつを逃してはならない。そんな直感が頭の中で暴れている。

——その毛玉、ついさっきまでは御陀仏寸前だっただろう。なのにあんたが拾って手を翳したとたん、息を吹き返したように動き始めた。どういうことだ？

生気のなかった背中が、ひくひくと動き出すまでの一部始終。

それを自分は、この目でしかと見たのだ。云い逃れなどさせんぞ、と凄《すご》みを利かすと、彼女はヒッとわななないた。

——……わ、わかりません。

——己のことなのにか？

——本当なんです！　幼《おさな》いころ、気づいたときにはもうこうなってて……どうしてかなんて、私にもまったく……。

彼女は肩を震わせながらも、そんなに大層なことではない、としきりに訴えた。

少なくとも、副島が想像していたようなものではなく、ちょっとした傷を癒《い》やせるだけ。小さな子猿の息を吹き返させることくらいはできたが、相手が人間ともなれば、大怪我や病を完治させるのは不可能だと。

だが……それでも、れっきとした〝人智《じんち》を越えた力〟ではないのか？

このことを知っている者は、と問い詰めると、彼女は小さく首を振った。

――こんな小さな村では、気味悪がられて大騒ぎになります。

自分のせいで累が及ばないよう、弟にさえもひた隠しにしてきたと女は云ったが、この神懸かった力を思えば、それも無理からぬことだろう。

――……弟、か。

副島は無意識にこぼした。それに、半纏に染め抜かれた屋号。

漠然と浮かんだ企《たくら》みをひそかにたぐりつつ、副島はかつてない高揚《こうよう》を感じた。

そうか――。

この女こそが、俺がずっと探し求めていたものだったのだ。

＊　＊　＊

「このっ！　姉ちゃんによくも……！」

副島が口を閉じるのも待たず、勇は罵声を浴びせていた。

怪我をしたとき。姉の手で包み込んでもらったとき。あの得も云われぬ心地良さを、自分は誰より知っていたはずだった。

だというのに、ろくにやくしに関心を持たず……己への怒りがこみ上げるが、弱みにつけ込んだ副島はもっと許せない。

「お前、姉ちゃんと俺のこと、全部調べ上げたんだな。職場を見つけ出して姉ちゃんを脅して……俺を盾にしたら逆らえないから、それで無理やり帝都に」

人聞きが悪いな、と副島は嘆息する。

「俺はきちんと、客として通って口説き落としたんだぞ。まア、上品な手段しか取らなかったとは云わんが、やくし役を呑んだのはあくまで彼女の意志だ。きみが穏やかに暮らせるなら、と」

「！　そんなの脅しも同然……」

勇は絶句する。

「それにな、勇。やくしに群がる奴らを見てみろ。あの熱狂ぶり。癒やしを求める人間がどれだけあふれているか、お前の頭でもわかるだろう？　お前や絹枝《きぬえ》がどう思っていようと、俺の知ったことではない。力を見いだし、それを行使できる者として、それを人々に施してやるのは責務なのだよ」

「偉そうに。結局は金儲《かねもう》けのためだろうが！」

声を上擦らせて叫ぶと、副島は「何が悪い？」とにやついた。

「お前とて、以前のみすぼらしい暮らしには戻りたくなかろう。金でこの世のすべてを買えるとまでは云わんが、金さえあれば九分九厘手に入る。力も、名声もだ。俺はそれが勝手に転がり込んでくるよう、仕組みを整えてやったに過ぎん」

「それが白妙会、か」

「傑作だろう？　やくしのためなら皆、喜んで差し出すのだからな。信仰というのは実に便利が良い」

煌々《こうこう》としたシャンデリアの下、副島は下卑《げび》た嗤いを浮かべていた。

憎しみのあまり、目頭が燃えるように痛む。ぼやけて揺らぐ視界をどうにかしたいが、今の勇には涙を拭う腕もない。話の途中で後ろ手に縛られたからだ。

奴の後ろで部下に捕まった姉の、それでも必死に抵抗する声が聞こえる。

背広姿の取り巻きは、副島を挟むようにして十人ほど。その中には、長身の刈り上げ頭の男――ミツ子が襲われたときに見かけたあいつだ――もいて、気づいたときには目の前が真っ暗になった。

この本部ビルで見た覚えはなかったが、あの男も副島の側近だったらしい。ということは、ミツ子を殺した実行犯はやはり……。

勇が視線を落としたとたん、副島が軽く顎をしゃくった。

「どこ見てんだ！」

肩を押さえつけていたチンピラみたいな小男に「オラ！」と拳を振るわれ、目の前に火花が散った。いたぶるように背中を蹴られ、何度も呼吸が止まる。

「やめて！　副島さん、やめさせてください！　約束したじゃないですか、云うとおりにすれば勇には手を出さないって……！」

悲痛な叫びに続き、ふたたび頬を張る音が響いた。

勇は悔しさを噛み締め、ぐっと身体を丸める。記憶よりもずいぶん痩《や》せていたけど、姉ちゃんが生きていてくれて良かった。嬉しい。その気持ちはもちろん嘘じゃない。

だけどその一方——腹の底で渦巻いているのは、それを覆い尽くすくらいの怒りだ。

相手は当然、一年以上も副島に騙され続けていた自分自身。俺こそが姉ちゃんにとっての人質だったというのに、それに気づきもせず、のうのうと。

——ごめん、姉ちゃん。こんな情けない弟で。

俺さえ副島のもとに来なければ、とっくに逃げ出せていたかもしれない。二年もこんな場所に閉じ込められて、辛かったろうに、孤独だったろうに。それでも辛抱して、副島に従うことで俺を守ってくれていたのだ。

なのに、俺は……。

胸がぎゅうっと引き絞られ、面目ないやら自分が許せないやらで、乾きかけていた涙がふたたびあふれる。

足枷《あしかせ》にしかなれない俺なんて、いっそこのまま嬲《なぶ》り殺されたほうがいいんじゃないのか。

半ば本気でそう思っていると、例の刈り上げが一歩踏み出した。

「……ほう。お前も楽しみたいか、磐井《いわい》？」

「お許しいただけるのであれば」

凍った刃を彷彿《ほうふつ》とさせる、冷ややかな声色。

副島が手を翳し、さっきのチンピラが足を収める。刈り上げは勇を見据えたまま、胸の前でごきりと指を鳴らした。

これ以上は引きようがない。そう思っていた血の気がさらに引いていく。

……俺、ここで死ぬのかな。

死ぬにしても、ろくな死に方じゃなさそうだな。

あきらめとも祈りともつかない心地で、ぎゅっと目を閉じた。副島も、誰も何も云わない。

それはあたかも、音という音が世界から消えたようだった。

瞼の向こうにふいに闇が下りたのは、そのときだった。えっと思う間もなく、鼻先から呻き声が聞こえる。続いてどさっと何かが倒れる音。

「明かりを点けろ！　早く！」

誰かが叫ぶあいだにも、あちこちから揉《も》み合《あ》うような気配が届いた。

なんだ？　何が起こってるんだ……？

時間にして、せいぜい数十秒ほどか。硬直しているうちに部屋がまた明るくなり、そうっと目を瞬くと、床には取り巻きたちが何人も伸びていた。

信じられないことに、副島までもが苦悶《くもん》の表情で倒れている。

「い、いったい何が……」

怖々近寄ろうとすると、

「──お前」

突然呼ばれて飛び上がりそうになった。気配もなく、勇の背後で構えを取っていたのはあの刈り上げだ。

「いきがるんなら少しは鍛《きた》えておけ」

「んなっ！」

この腕が見えないのか⁉　縛られてたらどうしようもないだろ、と抗議しようとしたのだが、南瓜《かぼちゃ》がひしゃげるような音が聞こえて息を呑んだ。

しぶとく起き上がってくる残党を、刈り上げが次々に蹴散《けち》らしているのだ。

何かの格闘術に見えるが、強い。桁外《けたはず》れだと云ってもいい。柄の悪い取り巻きたちでさえ、威圧感に竦み上がっているのがよくわかる。

「少年、ロープは」

「かけたままです！　けど」

それだけで察した刈り上げは、懐から何か取り出し、闘いながら投げて寄こした。折りたたみ式のナイフだ。

「っ、もうちょい……！」

芋虫のように身をくねらせ、四苦八苦して自力で手首の縄を断ち切る。それを見計らったかのごとく、刈り上げも露台に退却してきた。

「先に行け」

「でも姉ちゃんが！」

「ここにいる限りは問題ない。それよりお前だ。出直すぞ」

「え？」

どん、と尻を蹴飛ばされ、勇は手すりの向こうに転がり落ちた。

「お、おわあぁああぁぁ〜〜〜〜〜⁉」

情けない悲鳴を引きずり、露台の横を滑り降りていく。

あ、死んだ。

享年十七。はかない生涯だったな、と心で合掌したのだが、とっさにロープをつかめたのも、足が地面に触れた瞬間に受け身を取れたのもまさに奇跡だ。にもかかわらず、続いて降りてきた刈り上げは汗ひとつかいていない。

「ば、化け物かよ……」

「話はあとだ。来い」

有無を云わさぬ口調にカチンと来たが、ここは彼に従うしかなさそうだ。

丸ノ内のレンガ通りを必死に走り、大手町を突っ切る。息を切らしてさらに何区画か駆け抜ける。ずいぶん遠くまで来たはずだが、目的地がどこなのかもわからない。

神田駅へと続く高架に差しかかり、いい加減文句を云ってやろうとしたそのとき、男の足がふいに止まった。

「——やア、勇くん」

隧道《ずいどう》の暗がりにそぐわない涼やかな声に、勇は絶句する。

こちらを見つめ、中折れ帽を片手で持ち上げたウィルは、片眉《かたまゆ》を跳ね上げて微笑んだ。

「困るなア、無断早退は」

勇を救った刈り上げの男は、本名を磐田《いわた》威《たける》と云った。副島が呼んでいた磐井というのは、白妙会に潜入するための偽名だったらしい。

事務所に戻ったあと、勇はウィルからそうした事情を聞かされたのだが、話が進むにつれ、うつむけた頭もずぶずぶと下がっていった。

何しろ、ウィルとアヤと忠太――中核をなしているのはそれで全部だと思っていた掃除屋に、実はもうひとり、潜入任務中の男がいたのである。しかもそれが、よりにもよって、ミツ子殺害犯かと疑っていたあの刈り上げときた。

ウィルはともかく、忠太にまで秘されていたのだと思うと、ギリギリ歯嚙みしたくもなろうというものだ。

「……いつからだったんですか」

「威が潜入したのが、かい？　そうだなア」

「昨年の十月十九日」

本部ビルに宿舎をあてがわれたのは年末ですが、と磐田が平坦《へいたん》な声で云い添える。

応接ソファーで向かい合う勇とウィルに対して、彼は腰を下ろす気もないらしい。ウィルの前ではけして出張らず、護衛のように付き従うその様子は、主人のもとに戻った忠犬――いや、忠狼（？）にしか思われない。

「そんな前から……。あ、それじゃまさか、俺が副島の部下だっていうのも」

「もちろん知っていたよ。威から報告を受けていたからね。大友館《おおともかん》で鉢合わせした時点で、副島が使いっ走りにしている少年だとは気づいていた。依頼人としてまた現れたときには、そう来たか、と思ったがね」

うう、と勇は顔を覆《おお》う。

「さらに云えば、きみが投函していた報告書も、その都度偽物にすり替えさせてもらった。たしか先日、ポストの前で忠太と鉢合わせたそうだね？」

「……あっ」

思わず声を上げると、ウィルはふふっと笑顔を見せた。

「そう――あの日は思った以上にきみの帰りが遅くて、忠太も肝を冷やしたようだ。そんなことでもなければ本来、ポストを開錠して書簡をすり替えるくらい造作もないんだが」

「でも……俺の筆跡やなんかは」

「あア、それはアヤがね」

「アヤさん？」

「うん。筆跡模写《もしゃ》が得意なんだよ。きみがこと細かに書いてくれた報告の中身も、彼女にでたらめに書き直してもらった。事務所は不忍池《しのばずのいけ》の向こう側ということになっているし、忠太に至っては、筋骨隆々の日本男児にしてほしいと本人から――」

「あの……そろそろ腹いっぱいですんで」

勇は額に手を当て、息も絶え絶えに云った。正体が最初からバレている密偵だなんて、間抜けにもほどがある。

それでも泳がせ続けていたのは、副島の推測どおり、白妙会の情報源としてのちのち懐柔するためだったのかもしれないが――そういうことなら、あの茶話会の日、アヤが狙われたのにも納得できるのではないか？

女を撃つなんて、とあのときは腸《はらわた》が煮えくり返ったものだが、狙撃手はアヤの本当の素性を知らなかったのだろう。女だというのも、変装の達人だということも。

検閲されていたのは非常に不本意だけど……勇は同時に、膝が崩れそうなほどの安堵を覚えた。

これでもう、俺の内偵のせいで皆に危険が及ぶんじゃないかと怯《おび》えなくていい。

瞼を閉じ、ソファーにずるりともたれる。自覚していた以上に罪悪感は重く、心に影を落としていたようだった。

「それにしても……磐田さん、よく幹部にまで上り詰めましたね」

いくらか気分が落ち着いたあと、勇はふいに思いついて訊いてみた。

密偵としての実力が違いすぎるとはいえ、潜入開始から幹部昇格までたったのふた月。他の幹部と比べても驚異的な速さである。

そう云うと、ウィルは「ふむ」とうなずき、懐から駱駝《ラクダ》の絵柄《えがら》の煙草を取り出した。

「それはまア、こういった組織ならではのやりようがあるから」

「やりよう？」

咥《くわ》えたそれに火を点け、彼は思案顔で脚を組む。

「……たしかにきみの云うとおり、白妙会ほど肥大化した組織においては、途中入会者がのし上がるのは難しい。中がピラミッド構造だと、どうしても初期会員のほうが有利になるからね」

けれども、と斜め上に一度紫煙を吐き出し、ウィルは言葉を継いだ。

「ああいう組織でものをいうのは、要は数字——勧誘実績なんだよ。前にも云ったが、会員たちの地位は入会者を増やしたぶんだけ上がっていく。それならそれを逆手《さかて》に取って、大量に雇ったサクラで偽の実績を積み上げてやればいい。元手はかかるが、まア、手間はだいぶ省ける。そこそこの地位にいる会員にいくらかつかませ、成り代わってしまえば、ゼロから始める必要もない」

それに、と睫毛を伏せたウィルは、伸びた灰をどこか楽しげに落とした。

「こっちの磐田は、黙っていさえすれば実直そうに見えるだろう?」

同意か否定か。どっちの反応をすべきかと迷っていると、

「……黙っていればは余計ですよ」

紫煙に紛れ、苦々しいぼやきが聞こえた。背後でむすっとした磐田を、ウィルはまアまアとなだめる。

「威は実際、帝国海軍の出でね。だからサクラが少々多かろうと、そっちの伝手だと云えばもっともらしくなる。元軍人だと云えば、信用されやすいし、彼は人目を引かないように行動するのも上手い。従軍中、諜報活動に就いていた賜物《たまもの》だろうね」

「あア、なるほど……。それで俺の記憶にも残りにくかったのか」

ウィルは顎を引く。

さらに彼は、長い指先で煙草をつまみながら、ミツ子が襲われたときに磐田が現場にいたのも、凶行を阻止しようとしたためだと云った。

掃除屋にミツ子を探し当てられたと察した副島は、口封じのために殺し屋を手配した。磐田はそれを聞きつけ、急行したものの間に合わず、勇にも気づかれてしまったらしい。

「そういうことだったんですか……。で、真犯人は」

「むろん捜して捕らえた」

思わず身を乗り出した勇に、磐田は簡潔に云った。

「藤四郎《トウシロ》ではなかったようだが、軽く揺さぶったらすぐに口を割ったな」

当初、犯人はミツ子の家の近くで襲撃する予定だった。しかしミルクホールでウィルや勇の存在に気がつき、急遽《きゅうきょ》筋書きを変えた。

第三者に邪魔され、仕留め損ねるのを恐れたということだが、雇い主が副島だというのも知らなかったらしい。洗いざらい白状したそいつを、磐田はぐるぐる巻きにし、警察署の前に放り出してきたという。

磐田の〝揺さぶり〟の中身を思うと身の毛がよだつが——俺だって罰せられるべきじゃないのか？　そんな考えが頭を塞いで、内側からズキズキと痛みを発した。

副島に進んで手を貸し、皆を裏切り続けていた自分。

負傷したアヤの姿も思い出されて、またもや胸が痛んだ。うつむいた額あたりに、ウィルたちの視線が刺さっている。

「……いろいろと、すみま、せんでした」

どうにかそれだけ絞り出したが、こんな程度で放免されるはずがない。

勇は奥歯を嚙み締め、裁きの言葉を静かに待った。横たわった沈黙は重苦しく、永遠にも思えるほどだった。

「――勇くん」

ややあって、思いがけず響いた声に、勇はびくっと顔を上げた。

ウィルに目を向けると、彼は淡々と煙草を揉《も》み消《け》し、壁に掛かっていたパナマ帽を頭に載せていた。

「ちょっと散歩でもどうだい」

「へっ……でも外、まだ真っ暗ですけど」

「付き合ってくれると有り難いんだが」

はア、とうなずいてから、一気に覚醒《かくせい》する。

もしかして俺、散歩に見せかけて消される……？　わざわざ俺を助け出したのもそのためとか？

勇は、泣きそうな気分で磐田を振り返った。けれども、返ってきた目線は至極冷ややかだった。

——お前に断る権利などあると思うか？

……ですよね。

顔を強張らせ、視線に追い立てられるように事務所を出る。

見回すと、ウィルの後ろ姿はすでに広小路の手前にあった。日中は賑やかな上野界隈も、今は夜の帳《とばり》の下、静観を決め込むかのように沈黙を守っていた。

迷いのないウィルの歩みが緩んだのは、上野駅裏に抜け、北東にしばらく行ったころだった。

公園側では瓦斯灯《ガス》がぽつ、ぽつと夜道を照らしていたが、ここまで来ると明かりはなきに等しい。東の空は白み始めていても、足元はいまだにおぼつかない。

事務所を出てからというもの、引き攣るような胃の痛みがじわじわ続いていたのだが、どこからともなく漂ってきた饐《す》えた臭《にお》いに気づいて、勇はぎくっと顔を上げた。

もう少し行けば万年町——勇でさえ知る、東京府下有数の貧民街である。あえて近寄ったことはないが、治安も衛生状態も目を覆うばかりだと聞く。

いずれ自分も、そういう場所に流れ着くかもしれない。そんなふうに怯えたこともあったが、まさかこの人、制裁として俺を放り込むつもりだったりして……。

「ああ、あのっウィルさん！　この先は」

「あア、心配ないよ。そこまで行く気はないからね。たしかこのあたりに——と、こっちか」

彼は独り言のようにつぶやき、崩れかかったあばら屋の角を折れる。

立ち止まるつもりは毛頭ないようだが、軒先に干されているのは襤褸切れ同然の着物や手拭い。転がっているのは鼠の死骸《しがい》だろうか。その先に連なっている長屋も、老廃が進み、炭で燻《いぶ》されたかのように真っ黒だ。

しかしこれでも、貧民街よりはマシなのだろう。勇は怖々見回し、貧民街のまわりに自然発生した〝転落一歩手前〟区域といった印象を持った。

とはいえ、今度は別の意味で不安が生じる。ウィルの整った身なりは、ここでは明らかに浮いている。

「あのー……やっぱり事務所に戻りませんか」

「うん？」

「ここいらは危なそうだし、時間も時間だし……。追《お》い剝《は》ぎにでも襲われたらひとたまりもありませんよ」

「ははっ。そう怯えなくても」

ウィルは愉快そうに云った。「米国のスラムに比べたらこの程度、まだまだ可愛《かわい》いものだよ。威とまではいかないけれど、僕にもきみひとり守るくらいの心得はある」

本当か？

三つ揃いに包まれた細身の体躯《たいく》を、勇はじろりと眺めた。四肢の長さはうらやましい限りなのだが、隠しようのない育ちの良さ。格闘とは縁遠そうな手指。

思わず真剣に考えたのち、勇は目元を覆った。

……駄目だ。

そもそも、この人の云うことは信用ならない。もしも彼が怪我でもしようものなら、磐田の逆鱗《げきりん》に触れて不忍池に沈められるだろう。彼ではなくてこの俺が。

やはりここは俺が身体を張って盾となるしか——と決意を固めていると、

「もうこんな時間か」

懐中時計を覗いて、ウィルがのんきに云った。

「そろそろ起き出すころかな。あの子は朝早いはずだから」

「あの子って……誰かに会うんですか？」

思わぬ言葉に振り返ったとき、近くの長屋の引き戸が勢いよく開いた。

「誰だお前ら！」

叫びながら飛び出してきたのは、十にも満たなそうな男児だ。着物は継《つ》ぎ接《は》ぎだらけで薄汚れていて、先刻軒先に干されていたものと大差ない。

「また新顔か⁉　いい加減にあきらめやがれ！」

鼻先に出刃包丁《でばぼうちょう》を突きつけられ、「いやその、俺たちは……」と勇はウィルを背中に庇った。

男児があと一歩でも踏み込めば、鼻が真っ赤に染まるのは必至だ。首筋をつうっと冷や汗が伝う。

「ふん。今さらとぼけるたァ太《ふて》え野郎だ。どうせ油断してると思って、こんな朝っぱらから来たんだろうが。……でもなア、なんべん来たって無駄足なんだよ。うちはとうにカラッケツだからな！」

ほらよ！　と叫ぶや、男児が地面に叩きつけたのは擦り切れたがま口。

ぽて、と落ちた音からいっても、中身はほとんど空だとわかる。こちらを借金取りか何かだと思っているようだが……さて、どうしよう。

勇はぎこちない笑顔で後ずさった。

しかしその途中、包丁を握る手が細かく震えているのに気づいた。

そういえば、この子の親は？

他に誰か、家の中にいないのだろうか。借金取りの相手を、なぜこんな子どもがしなければいけない？

言葉に詰まった勇を、男児は必死に睨み上げてくる。

その姿がまるで、姉を守ろうとがむしゃらにもがく自分を見ているかのようで、勇は云いようもなく胸が塞いだ。男児も男児で、黙ってしまった勇に戸惑っているふうだった。

「しばらくだね」

やがて声がしたのは、立ち尽くした勇の背後からだった。すっと伸びてきた手ががま口を拾い、砂をていねいに払う。

「あ……若槻《わかつき》さん⁉」

ウィルが微笑むと同時に、包丁の切っ先が下がった。

「覚えていてくれたかい」

「水臭いな、忘れるわけないじゃん。あんたみたいな二枚目はじめて見たもん」

男児は一転、憧れの眼差しでウィルを見上げている。

ウィルは光栄だと笑みを深めると、懐を探り、紙に包んだ饅頭《まんじゅう》を取り出した。

「わア！」

手渡された瞬間、男児の目が輝く。

あの饅頭、どっかで見た気が……あア、そうか。事務所にあったおやつだ。土産に掠めてきたんだろうが、いったいいつの間に。

「この時分では屋台もやってなくてね。これきりで済まない」

「ううん。こんな立派な饅頭、もったいないくらいだ。けど……今日はどしたの？　白妙会のことはだいたい話した気ぃするけど」

白妙会？

そんな話題が出るとは思わず、動揺した勇の隣で、ウィルは「散歩みたいなものだよ」と平然と云った。

「近くまで来たから、どうしているかと思って」

「どうも何も。……知ってるでしょ。いっぺん堕《お》ちたら堕ち続けるしかないって」

すべてをあきらめたような虚《うつ》ろな目——。

ウィルには特別懐いているようだが、勇にもわかってしまった。歳におよそ似つかわしくない、疲れ切った表情。これがこの子の本来の姿だと。

「……饅頭、置いてくる」

ぼそりとつぶやき、小さな背中が引き戸の奥へと戻っていく。中に家族がいたのか、弱々しい話し声がかすかに漏れてくる。

「あの子、さっき白妙会って」

たまらずウィルに向き直ると、彼は見越していたようにうなずいた。

何を思っているのか、その瞳は土間の奥に向かって細められたままだった。

「どこから話したものかな。あの子と知り合ったのは……そう、威が潜るより前、会の被害の実態を調べ始めたころだった。今では見る影もないが、この家は代々、江戸のはじめから続いた金物屋でね。それも界隈ではなかなかの大店《おおだな》で、商いも手堅いものだったんだが、風向きが変わったのが二年前。夫婦ともに不惑を過ぎ、待ち望んだふたり目がやっと産まれたところで、女将《おかみ》さんが病に倒れた」

「二年前？　というと、あの悪性感冒ですか。それか結核？」

両親を思い出し、つい口を挟んでしまったが、ウィルは原因はわからずじまいだと首を振った。

「しかし、元よりおしどり夫婦として評判だったくらいだ。旦那《だんな》の嘆きようといったらなかったようだね。金に糸目をつけずに医者に診せても、女将さんは日に日に弱っていくばかり」

「それじゃあ……」

「そう。その旦那が最後に縋《すが》ったもの、それが白妙会だった。心労が祟《たた》ってか、そのうち旦那自身も伏せってしまったうえに、看病の甲斐なく女将さんは昨年亡くなってしまった。おまけに、大事な忘れ形見――あの子の妹も生まれつき身体が弱くて、ほとんど寝たきりだということだ」

「そんな……」

だったらあの子は、父と妹の面倒を見ながら、たったひとりでこの家を支えているのか？

勇は言葉を失い、男児が戻った先を見やった。しかしあの歳では、たとえ働き口があってもまともな稼ぎにはなるまい。

それに、と荒れ果てた長屋を見回す。

そこそこの大店からここまで没落するとは、どれほどの金を会に注ぎ込んだのだろう。その期待の結果がこれでは、あまりにもやるせない。

「……あの子が云うには、いくら布施を積んだところで、やくしにはほとんど謁見できなかったそうだ。上位会員の口車に乗せられ、いいように搾り取られたんだろうね。『かならず治る』という耳触りの良い文句を信じて、なけなしの金を工面する——ここの旦那に限ったことではないが、そののめり込みぶりといったら、家財もすべて手放し、金貸しにまで頼るほどだったらしい。あの子や周囲の制止も聞かずに、かならず女房《かかあ》の病を治してやるんだ、と」

だが——。

愛する人を楽にしてやりたい。そんな純粋な願いを食い物にしているのは、他でもない、あの副島であり白妙会だった。そして知らなかったとはいえ、その片棒を担いでしまった自分。

「……そういうことか……」

「勇くん？」

覗き込まれる気配がしたが、何も答えられなかった。

ウィルがここへ俺を連れてきたのは、これを突きつけるためだったんじゃないのか。俺が副島を憎むのと同じく、白妙会に家族をめちゃくちゃにされたあの子にも、俺を憎む権利がある。

息苦しさを覚え、無意識に胸のあたりを押さえていると、

「若槻さん！」

荒っぽい足音とともに、半開きだった引き戸がすぱんと開け放たれた。

「ありがとな、さっきの饅頭。甘いもんなんて久々だって、父ちゃんも妹も喜んでた。お供えしたからあとでいただくよ。……ん、どうしたんだ？　そっちの兄ちゃん。腹でも痛ぇのか？」

「………」

放っておいてほしかったのだが、男児には伝わらなかったようだ。

「具合悪いんなら、ついでにお参りしていきなよ。饅頭の礼だしさ」

たちまち土間まで引きずり込まれて、えっ、と間抜けな声を漏らす。

家の奥のささやかな祭壇、そこに祀られた御札《おふだ》――墨で書かれた真言には覚えがあっ

た。

「これ、やくしの……」

「ん……まア、父ちゃんのおかげで嫌ってぇほど痛い目見たけどな。でもやっぱり、うちの家族にとっちゃア、やくし様は恩人だから」

「恩人？」

うん、と男児はうなずく。

「ずっと前になるけど、いっぺんだけ、父ちゃんが母ちゃんを負ぶって出かけていったことがあったんだ。やくし様って人に会わせてもらえるからって」

——入会特典みたいなもん？

忠太の言葉が、ふいに思い出された。入会を決めたときのことだろう。

「で、母ちゃんもわけがわかんないなりに、とにかく頭を下げるだろ？　そしたらだよ、やくし様がこう——手を翳したとたんに、腹の奥の痛みがすうっと引いたらしくて。吃驚《びっくり》でしょ！　それまでは痛みで吐いたり、ひと晩じゅう呻いてたりしたのにだよ？　治るまではいかなかったし、初っ端《しょぱな》のそれがなければ、父ちゃんの箍《たが》も外れなかったのかもしんない。けど……その晩だけは母ちゃん、嬉しそうに笑ってた。やくし様がいなかったら、俺、母ちゃんの笑ってる顔なんて一生忘れたままだった」

だから恩人なんだ、と小さくつぶやく。

そのとたん、勇の中で何か熱いものがあふれた。

姉ちゃん――。

今の言葉を姉ちゃんが聞いたら、少しは慰めになっただろうか。痛みを発し、濁《にご》るばかりだった勇の心に、ひと筋の光が射《さ》し込む。

長らく囚《とら》われの身でありながら、それでもこの人たちを救っていた姉。

いや、きっと彼らだけじゃない。優しい彼女のことだ。やくしという役から降りられないなら、ひとりでも多く楽にしてやりたい――そう考え、実行しただろうことは想像に難くない。

だがその反面、人を人とも思わない副島のせいで、この一家同様、数多《あまた》の人生がねじ曲げられてしまった。

「ウィルさん」

男児の家を辞去し、しばらく並んで歩いたあと、勇はふっつりと足を止めた。

「……ありがとうございました。俺をここに連れてきてくれて」

ウィルは勇を見返し、静かにうなずく。それだけだったが、彼の意図は受け止められた気がした。

白妙会が人々に何をもたらし、何を奪ったのか。俺はこの目で見定め、向き合わなくちゃいけない。悔いてばかりじゃなく、己の行く末をしっかり考えるために。

「それで、姉君はひとまず見つかったわけだが……このあとは？　依頼はここで終わりにするかい」

「まさか！」

思わず叫ぶと、ウィルは興味深げに唇をつり上げた。

「では、次に何を？」

何を――……。

「……考えるまでもないです。副島を、止めます。姉ちゃんの力が悪用されて、大勢の人が悲しむのなんて見たくない。もう、たくさんだ」

声を震わせ、途切れ途切れに絞り出したとき、並んだ屋根の切れ間から一閃《いっせん》、払暁《ふつぎょう》の光が射《さ》し込《こ》んだ。

「――機は熟した」

朝陽《あさひ》に照らされ、緑の瞳がぞくりとするほど美しい光を放つ。

ウィルはゆっくりと目を細めた。

「次なる目標は姉君の奪還、および会員諸氏の解放。――さア、白妙会を叩こうか」

5章

瀟洒《しょうしゃ》な格子窓越しに、沈んでいく夕陽《ゆうひ》が見える。

白妙会《しろたえかい》本部ビル六階。副島《そえじま》は絹枝《きぬえ》の居室を訪れたのも束の間、苦渋の色を浮かべていた。勇《いさむ》を取り逃がして一週間になろうとしているのに、彼女は今なお寝台に立て籠《たこ》もっている。

「絹枝」

盛り上がった布団にいくら呼びかけても、いっさい反応がない。会話という会話を拒《こば》み始めて丸三日だ。身のまわりの世話のため、ひとりだけあてがっている下女によれば、部屋に運ばせている食事にも手をつけなくなったという。

「絹枝、いい加減にしろ！」

傍らで冷え切った膳《ぜん》に舌打ちをこぼすと、副島は声を荒らげた。

鎧《よろい》のように堅固な布団を、力任せに剝がす。襦袢から覗いた腕を捕まえる。

そうして勢いのまま、ずるりと引っ張り出せたまでは良いのだが、三日ぶりの彼女は見る影もなかった。

砕《くだ》けたような細腰。髪はぐちゃぐちゃに乱れて、瞳の焦点もまともに合っていない。

まるで抜け殻――

「くそッ、どいつもこいつも……！」

たかが守り袋ひとつでこのザマか？

苦いものが湧《わ》き、口内にじわりと広がる。今の絹枝が〝やくし〟として人前に立てる状態ではないのは、誰の目にも明らかだった。

それを副島が見つけたのは、三日前の同じく夕刻――腑《ふ》抜《ぬ》けた彼女を叱咤《しった》すべく立ち寄ったときだった。

絹枝も塞いでいるとはいえ、そのころはまだ寝床から出たりもしていたのだが、苦言を呈して引き上げようとした際、副島は何か鏡台にぽつんと置かれているのに気づいた。

臙脂《えんじ》色の端切《はぎ》れで縫われた、手製の守り袋のようなもの。

なんだこれは、とつまみ上げると、絹枝は見たこともないほど血相を変えた。

――やめて！

――ほう、お前がこうも必死になるとは……。

――返して、大事なものなんです！

――なるほど。俺の目を盗んでこいつを心の支えにしていたはいいが、コソコソ眺めたあとで隠すのを忘れていたと、そんなところか？

——触らないで！

彼女は必死につかみかかってくるが、上背のある副島には到底及ばない。

——まったく……お前も見かけによらず強情な女だ。やくしは薬師如来の化身なんだぞ？　仏であるお前が、物に執着などしてどうする。示しがつかんだろう。

薄笑いで守り袋を弄んでいると、副島はふと硬い感触に気づき、守り袋をひっくり返した。

何か金目のものか？

しかし手のひらに転がり出てきたのは、なんの変哲もない石くれだった。

血を煮詰めたように赤いが、ただそれだけ。宝石でもなく、まっぷたつに割れている。

——拍子抜けだな。どうせ下らんままごとだろうが、こいつは俺が預かっておいてやろう。

副島は石を守り袋に放り入れ、拳を打ちつけてくる絹枝を引き剝がすと、彼女の悲鳴を無視して立ち去った。

その行為が彼女の心にとどめを刺すかもしれない、とは考えもせずに。

そして、今——。

生気を失い、だらりと投げ出された女の肢体を、副島は苦々しく睨み下ろしていた。かっとなって寝台に突き倒してやったが、結局ぴくりともしなかった。

「……話にならんな」

叩きつけるように扉を閉め、階段を足早に下りる。執務室に向かう途中、腸《はらわた》がよじれるほどの怒りがふたたび湧き上がってくる。

——あの、磐井《いわい》という男。

どうせ偽名だろうが、有能かつ質実剛健を地で行く男のことを、副島は高く買っていた。実務面で重宝していたのはむろんのこと、腕っ節の強さにおいても右に出る者はなかった。

だからこそ気に入り、傍に置いてしまったが、勇を逃がしたとなれば、奴も掃除屋側の人間だったと見るしかあるまい。

「問題は、奴らが今後どう出てくるかだが……」

勇はしぶとい。これしきのことで絹枝をあきらめるとは思えない。

ふたたび奪還しに来るであろうその日に備え、万全の態勢を敷く。それで奴らを返り討ちにできればいいが、やはり警戒すべきはあの磐井だ。それに奴の飼い主——若槻《わかつき》・W・誠一郎《せいいちろう》。

この俺にああまで屈辱を味わわせたからには、思い知らせてやらねばなるまい。誰を敵に回したのか、死んで詫びたくなるほど徹底的に。

たまらず頬をこすったとたん、先日の冷えた床の感触がまざまざとよみがえり、副島はまたもや我を忘れた。

革張りの執務椅子を力の限りに蹴飛ばす。ガンと机にぶつかっても構わず蹴りたくる。

そうして荒い息をついていると、憚《はばか》るようなノックに続き、幹部のひとりが顔を出した。

「……なんの用だ」

「えっ。……て、定例報告の時間ですが」

「入れ」

副島のこの上ない不機嫌さに怯えながらも、執務室の応接卓子《テーブル》を取り囲んだ幹部は、総勢十人。

上座の副島に向かって、間もなく報告が始まる。今期の収支、隠れ蓑としての商社の状況、新たに顧問に加わった吉沢《よしざわ》代書人について。

副島は葉巻を燻《くゆ》らせ、じっと耳を傾けていたのだが、

「——何？」

年嵩の幹部が資料を読み上げ始めたところで、低く口を挟んだ。

「もう一度云え」

「はっ、はい。ですから、会員ひとり当たりの上納額が現状頭打ちになっておりまして……」

「俺は先月も同じ文句を聞かされたように思うが」

副島の眼差しに剣呑な光が宿る。

「し、しかしその……最近では、破産する会員もあとを絶たず……そうした噂が既存会員の心理にも影を落としていると考えられ……」

「つまり、有効な施策はないと？」

「はア……。まずは会員らの不安を取り除きませんことには」

男はおどおどと云いつつ、手巾《ハンケチ》を取り出し、額の脂汗を拭った。

そのときだった。

副島は立ち上がると、瞠目した男の眉間に銃口を突きつけ、躊躇なく引き金を引いた。

破裂音が轟き、室内を激しく揺るがす。たなびく硝煙の向こうで、手巾を握ったままの男がぐらりと倒れ込む。

直後、ヒイッと飛び退ったのは、男の隣にいた若い幹部だ。たしか、磐井の後任だったか。降りかかってきた真っ赤な飛沫に恐慌をきたしている。

「……あアア……うア……」

新米の男は腰を抜かしたまま、必死に後ずさろうとした。とっさに手を突いたようだが、そこもまた血溜まり——もがいた拍子に肉塊に触れ、ヒャア、ヒャアとだらしない悲鳴がひっきりなしに上がった。

ガチガチと鳴り続ける奥歯も耳障《みみざわ》りで、副島の神経をいっそう逆撫でする。

「——嘆かわしい」

血溜まりの中、涙と鼻水まみれで震える若者を睨み下ろした副島は、苛立ち任せに発砲した。

二度、三度。

銃声が響く。全弾わずかに外してやったのは、せめてもの情けである。

漂う硝煙に紛れ、尿の臭いを嗅《か》ぎ取《と》ると、副島はそれきり男の存在ごと意識から消した。

「俺の下には腰抜けなど要らん。云い訳を並べる野郎もな。……他には？　報告はこれですべてか」

凍りついたような沈黙にも構わず、慣れた手つきで拳銃《ピストル》を上着に戻す。

目を合わせようとする者はいなかったが、それでも、報告が遅れてはふたつ目の死体になりかねないと踏んだのだろう。

「あの……」

真っ青な顔で手を上げた別の幹部は、そのまま直立不動の姿勢を取り、「一昨日、社長宛てに来客がありました」と声を張った。

「お約束もなく、突然事務所に現れましたので、私が代わりに応対しました」

「はい。工場の買い手を探しているということで」

「また売り込みか？」

「ふん、ご苦労なことだな」

副島はうんざりした気分で脚を組む。

想定内ではあったが、昨年戦後恐慌が始まって以来、こうして擦り寄ってくる輩がとみに増えた。白妙会との関係に気づいているかはともかく、先の見えない不況下でも好業績を続けるソエジマ商会は、天から垂らされた蜘蛛《くも》の糸にも見えることだろう。

「工場か……。なんの工場なんだ？」

「元は薬品工場だそうです。先日まで稼働していたそうですが、ついに立ち行かなくなり、今は閉鎖していると。……あのぅ、その場で社長におつなぎしたほうが良かったでしょうか」

「構わん」

副島の素っ気ない返事に、男は露骨に安堵をにじませた。

だが——。

散会させ、室内を清掃させたあとも、副島はすぐに自室に戻る気分にはなれず、執務室にひとり籠もっていた。夕陽はすでに山の端《やまのは》に消え、室内には夜の薄闇《うすやみ》が忍び寄っている。

——最近では、破産する会員もあとを絶たず……そうした噂が既存会員の心理にも影を落としていると考えられ……。

能なしなど死んで当然だが、あの指摘——冷静になってみれば、一考の余地があるのではないか。

広がる不信。上納額が頭打ちになっている現状。そんな中、より多くの金を巻き上げるには何をすべきだ？

机上で組んだ手に口を押しつけ、一点を睨んで思考を研ぎ澄ます。

……それに、薬品……。工場……。

面会の約束もなしに押しかけてくる輩など、普段は歯牙《しが》にもかけない。しかしどういうわけか、今日は嗅覚《きゅうかく》が疼《うず》いた。

これを見逃してはならない。頭の奥から、そんな囁きが聞こえてくる。

「——だがまア、そう急ぐこともあるまい」

良い食材であればなおさら、じっくり料理してやらねばな。

副島はふっと息を吐くと、純銀製のシガーケースから一本引き抜き、満足げに椅子を軋ませた。

＊　＊　＊

「うわ……」

磐田《いわた》の手元を凝視しているアヤの口から、悩ましげな溜め息が落ちた。

「人は見かけによらないってよく云ったものよね」

〝白妙会を叩く〟とウィルが宣言したその翌週。掃除屋の面々は他の案件を並行してこなしつつ、来たるべきその日に向けて準備を進めていた。

日暮れの迫った今、事務所の応接ソファーに集まっているのは磐田、アヤ、勇の三人だ。

卓子に散らばった裁縫道具も、まさしくその一環なのだが――

「ふおぉ……」

まさか、まさかだ。

磐田が滑らかに縫い終わりの始末をするのを、勇も惚《ほ》れ惚《ぼ》れと眺める。針仕事を一手に引き受けているのが、目つきで人を殺せそうなこの男だなんて。

江田島の海軍兵学校に始まり、寮や艦上生活が長かったせいだとは本人の談だが、生来の器用さや勤勉さなしにここまで上達はするまい。操る針の動きは、骨太な指先からは想像もつかないほど美しい。

「できたぞ。羽織ってみろ」

「ありがとと。……あらー、今回もぴったりね。毎度ながら悔しくなっちゃう」

「だったら花嫁修業でもしたらどうだ」

それには勇も同感だったが、アヤは嫌、とそっぽを向いた。

「あたし、向いてないことはしないって決めてるもの。得意な人に頼めば済むのに、いちいち労力をかけるなんて無駄の極みじゃない」

「その得意な人は、裁縫よりも他に時間を使いたいんだがな……」

磐田は針を持った手でこめかみを掻くと、呆れ顔で道具を片づけ始めた。そうこうするうち、「三越《みつこし》でお買い物してくるー」とアヤが出ていってしまい、事務所の中は一気に静かになる。

「少年。床の掃除を」

「あっ、はい！」

実を云うと、折を見て磐田に相談したいことがあったのだが……。

ひとまず後回しにするしかないかな、と勇は箒を取りに行った。するとなぜだか、衝立の奥の作業台に、建築図面らしきものが広がっていた。そういえば、副島所有の不動産を調べるとウィルが云っていたっけ。

でも——なんだろう、このもやもやした感じ？

勇は図面に顔を近づけ、じいっと見た。本部ビルの図面ではないようだが、心当たりのない建物のわりに、釦《ボタン》を掛け違っているような心地悪さを感じる。

……気のせいか？

磐田の手が空くのを待ちつつ、卓子の下を掃こうとしたのだが、今度は先刻閉まったばかりの扉が勢いよく開いた。

「ごっめーん、タケー」

アヤと一緒にひょこっと顔を覗かせたのは、カフェー浪漫亭《ろまんてい》の常連の女学生だ。勇がはじめてこの事務所を訪れたとき、女給長に取り次いでくれたあの娘——千栄子《ちえこ》である。

めずらしいな、こんな夕刻に。

「小説に没頭してたら、ついつい時間を忘れちゃってってね」

千栄子はちろっと舌を見せると、勇の考えを読んだかのように笑った。アヤはその隣で、「ねえねえー」と磐田に迫っている。

「千栄ちゃんの髪のリボン、どこかに引っかけてほつれちゃったそうなの。ついでにちゃちゃっと直してあげてくれない？」

「俺はお針子じゃないぞ」

「いいじゃないの、減るもんじゃなし。そこらの女よりもうまくやるくせに」

磐田は面倒そうに顔をしかめていたものの、結局はアヤに押し切られ、もう一度裁縫箱を開いた。仕上がりの美しさは云わずもがなである。

「わあっ、ありがとう！」

女たちが歓声を上げ、姉妹のようにじゃれながら出ていく。それを苦笑いで見送り、踵を返して勇はぎょっとした。

「――それで？　俺に何か用か、少年」

裁縫箱に頬杖をついた磐田の目つきは、まさに物騒、危険、其他種々《エトセトラ》。

「口をこじ開けられたいならそれでも構わんが……四六時中盗み見られるのはなかなか不快でな」

応接卓子にどんと一升瓶《いっしょうびん》を置かれて、勇は驚きながらも丁重に辞退した。

気分を害しただろうか。そう思うと気が気ではなかったが、磐田は意に介する様子もなく、手酌《てじゃく》で盃《さかずき》を満たしている。ウィルの了承はあるのだろうが、彼がこんなものを事務所に隠し持っていたとは少々意外である。

盃が空いたのを見計らい、

「ウィルさんのことでご相談が……」

と切り出すと、瓶《びん》に伸ばされた手がぴたりと止まった。

「続けろ」

切れ味鋭い眼光は、さすが退役軍人。勇は虜囚《りょしゅう》にでもなった心地で「は、はいっ」と竦み上がる。

先日聞いた限りでは、勇が副島に出していた報告の手紙は、すべて偽物にすり替えられていたとのことだった。事務所の所在地に始まり、アヤや忠太《ちゅうた》の素性についても、副島にはでたらめに伝わっているのだと。

「ですけどこないだ、ふっと思い出したんです。そういえば俺、ウィルさんのことは全部副島に話してしまっていたなって。見た目とか雰囲気とか、そういうのも洗いざらい――」

「いつだ」

「え？」

「いつの話だ、と訊いている」

「ええと、浅草の大友館《おおともかん》でウィルさんと出会った、そのすぐ翌日です。あんまり不思議だったんで、話の流れでつい……。俺は思いつきもしなかったんですけど、副島の奴、それを聞いて噂の掃除人なんじゃないかと怪しみ始めたみたいで」

磐田は空の盃を握ったまま、何か考え込んでいる。

掃除屋はこの先、本格的に白妙会を攻める予定でいた。しかしあの副島を出し抜こうと思うと、緻密《ちみつ》な計算が必要とされる。

ウィルだけとはいえ、「副島は掃除屋の素性を知らない」という前提が崩れてしまえば、計画自体が狂いかねない。自分のせいでまた何かあったらと思うと、いてもたってもいられない。

「それで俺、ウィルさんを待ってたんです。早く伝えなきゃって。でもここんとこ忙しそうだし、全然会えなくて……。心配しすぎかもしんないですけど、ともかく磐田さんだけでも聞いてもらったほうがいいと思って、それで」

「取り乱すな、少年」

磐田は盃をカツンと置き、静かにこちらを見た。「俺から誠一郎に伝えておく」

「お願いできますか！」

「あア。お前がごちゃごちゃ考えなくとも、あいつがどうにかするさ」

口調は相変わらずぞんざいだったが、こういうとき、揺るぎない彼の態度は無性に頼もしい。

俺なんて、ちょっと何かあっただけで取り乱しちまうのに……。どれだけ修羅場をくぐれば、そんな境地に至れるのだろう。危険な潜入を一任するほど、ウィルが信頼を置いているのもよくわかる。

勇はほうっと息を吐き出し、ぬるくなった煎茶を呷《あお》った。

喉が干上がるほど気を張っていたのか、ただの煎茶が甘露のようだ。味わいながら耳を澄ませば、すっかり夜の気配に満ちた事務所に、磐田が手酌をする音だけが小さく響いている。

「――そういえば」

「なんだ」

「磐田さんも元詐欺師なんですか」

湯飲みを空にし、いくらか人心地がついたころ、勇は世間話めかして訊いてみた。

「…………」

「や、その、なんか意外な気がして……。だって元海軍将校ですよね？　規律第一というか、曲がったことは嫌いなんじゃないかなって」

表情をうかがおうとするも、うつむいた顔は陰って見えない。否定しないのは図星だからか？

磐田は黙ったまま杯を重ねている。

多少話せるようになったからって、さすがに軽率すぎたかもしれない。勇は湯飲みの底を見下ろし、こっそり後悔に沈んでいたのだが、

「……上が腐っていれば、己の手もまた汚れる。それだけのことだ」

磐田は盃から口を離し、淡々と云った。

上が腐っていれば——。

意味を解した瞬間、よぎったのは副島の姿だ。

この人も、だったのか。

勇は知らず知らず、手の中の湯飲みを握り込んだ。

ずっと不思議に思っていたのだ。ウィルの指示だというのを差し引いても、俺の迂闊《うかつ》さは目に余るだろうに、どうして見限らないのか。冷淡な態度のわりに、眼差しの奥に見守るような温度があるのはなぜなのか。

「……磐田さんはそのとき、どうでしたか」

「どう、とは」

「磐田さんの任務が実際にどんなだったか、それは訊きません。でも、教えてほしいんです。自分のしたことを知ったとき、どういう気分になったか——悔やみましたか。それとも上官を恨んだ？　仕方なかったと割り切ってしまえば、少しは楽になるんでしょうか」

声を絞り出すにつれ、目頭に熱いものが溜まっていく。

副島を潰すと決めたら、気持ちも落ち着くだろうと思っていた。けれど、あれから何日経っても、ちっとも楽にならない。日中はどうにか取り繕っていても、食事中、仕事から帰る道々——そんな一瞬の隙を突いて、あの襤褸をまとった男児の姿が瞼に浮かんでくるのだ。

男児はその目に憎悪を燃やし、勇を睨み上げている。

俺たちを踏みつけにして、汚れた金で生きていたお前も立派な詐欺師だ。たとえ罰されなくとも、その事実からは生涯逃れられない、と。

「……磐田さん」

「…………」

「俺、悔しくてどうかなりそうです。副島もですけど、それより許せないのは俺自身だ。副島《あいつ》の嘘にも気づかず、いいように使われて……なんでだよって、気づくと頭が堂々巡りしてるんです。こういう苦しさ、磐田さんにも覚えがありますか」

は、と喘ぎを漏らし、縋るように首を巡らせる。

こんな泣き言、黙殺されて当然か。しかし意外にも、磐田は盃を置いてこちらを見ていた。すっと正面に向き直ったのち、静かに口を開く。

「少年」

「はい」

「その怒りは、大事に取っておけ」

「……はい」

「無理に忘れようとしたところで、どこかに歪《ひず》みが出る。表には見えなくとも、いつか決壊して噴き出すだけだ」

「だったらどうしたら……！」

思わず卓子を拳で叩くと、強い瞳が再度こちらに向いた。

「利用しろ」

「利用？」

磐田はうなずく。

「消すのではなく、利用すると思え。手放せないなら、根こそぎ別の力に変えてやるまでだ。厄介な感情だろうと己のものだからな。それで何をするかは人それぞれだが、復讐《ふくしゅう》しかできないわけでもあるまい。まともな使い道もあるだろう」

呆けたように磐田を眺めたあとで、勇は徐々に目線を落としていった。

ずっと持て余していたこの怒りを、どこかに向けられるんだろうか。自分の意志で、他のところへ。……本当に？

きっと難しいだろうし、途方もない時間がかかるだろうけど——それでも前に進めるのなら、ぐずぐず足踏みしているよりたしかにマシかもしれない。

「……そうですね。俺、もっともっと強くなりたいですから。憧れますよ、磐田さんみたいに人を守れる男って」

勇は感謝の念を込め、へへっと小鼻を掻いた。が、磐田はなぜだか困惑したような、見たこともないような複雑な顔をした。

「俺はそんな強い男じゃない」

「え、でも」

「事実だ」

「またまたアー」

「もし誠一郎がいなかったら、俺はとっくに死んでる。……救われたとも死に損なったとも云うが」

一瞬だけ苦笑の形に唇を歪めると、彼は真顔に戻り、遠くを見るようにつぶやいた。

「――だからこの命は、誠一郎に預けている」

6章

八月末。

鈴虫の声がかそけく響くその晩、副島《そえじま》は自身が所有する新橋のダンスホールに真新しいビウイクで乗りつけた。

昨年、横浜に本邦初の営業用ダンスホールが開業して以来、この手の施設が次々とできている。このホールも、近ごろの洒落者《しゃれもの》はこぞってダンスに夢中だと聞き、接待用に買い取ったものである。

つややかな板張りのフロアに、天井を埋め尽くしたシャンデリア。陽気な音楽を奏《かな》でるジャズバンド……。買収後の改築により、二階には自慢の上客専用サロンも設《しつら》え済みだ。贅《ぜい》を尽くしたきらびやかなホールは、名実ともに帝都随一。副島の虚栄心を申し分なく満たしていた。

「やアやア、副島さん。本日はお招きいただきまして」

副島が部下を連れてフロアに入って間もなく、タキシード姿の男が支配人に案内されてやってきた。

屈託なく笑って片手を差し出した男は、今日の契約相手——若林《わかばやし》だ。

鼻筋の通った顔立ち。艶めいた黒髪は上品に整えられ、緑がかった瞳は玉虫のごとく色合いが移ろう。タキシードの着こなしにも漂う余裕は、こういった社交場こそ彼の居場所なのだと知らしめているようだ。

「いかがですかな、このダンスホールは」

握手に応じ、挨拶代わりに尋ねると、若林は「いやア、たいしたものです」と破顔した。

「流行りを追うとなると、いささか品に欠けてしまうきらいがありますがね。ここは実に見事だ。副島さんのお目が高いんでしょうな」

「ふむ、貴君にお褒めにあずかるとは光栄の極みだよ。さっそく一献といきたいんだが……」

フロア脇の卓子《テーブル》に彼を誘い、どうかな、と葡萄酒《ぶどうしゅ》の瓶を掲げる。

「西班牙《イスパニヤ》から取り寄せたものでね」

「これはまた上物だ」

若林は目を丸くし、支配人が注ぐ褐色の液体を上機嫌に眺めている。国産ポートワインとは違って、輸入物には独特の渋みがあるものだが、嫌がるそぶりは見られない。

「では、新たな友好に」

「乾杯」

煌々《こうこう》とした光を浴び、優雅に舞う何組もの男女を肴に、ふたりはグラスを掲げ合った。

それからしばらく、毒にも薬にもならない雑談を続けていたのだが、

「せっかくご足労願ったのだからな。例の話はあとに回すとして――」

副島は頃合いを見、隅で待機していた女ダンサーを呼びつけた。最近贔屓《ひいき》にしているホール専属の女だ。

「今宵《こよい》は踊っても結構、くつろいでも結構。俺も楽しませてもらうが……さて、貴君はどんな女がお好みかな」

「いやア私は」

「お眼鏡にかなう者はいないか？　俺の客人とわかれば拒む者はおらんよ」

若林はそれでもためらう様子を見せていたものの、

「……そうですね。では、お言葉に甘えて」

とフロアに入っていき、あぶれていた女ダンサーの手をうやうやしく取った。

やがて次のフォックストロットに合わせて、軽快にステップを始める。遠慮がちだったわりに、身のこなしも足捌《さば》きも堂に入ったものである。

葡萄酒に慣れたふうといい、やはり本物の華族か。契約直前だろうと、疑わしければばい

つでも反故《ほご》にしてやるんだが……。

「副島様？」

心配そうに覗き込んでくる女を、問題ない、と一蹴する。

荒々しいターンで若林らを追い抜き、フロアの中央まで躍り出ると、副島はしばしの享楽に身を投じた。

＊

副島の呼び出しに応じ、若林が執務室に現れたのは半月ほど前のことだった。

件《くだん》の工場売却の話が妙に気にかかったため、部下に売主を調べさせたのだが、それで浮上したのが若林という男だった。

——どうも、若林と申します。先日は部下が失礼しました。

応接卓子で挨拶を交わし、おや、と思わされたのがその若さだ。自分と同じか、せいぜい二つ三つ下だろう。

副島が想像していたのはもっと年嵩——寂《さび》れた町工場の老いぼれ社長、くらいだったのだが、実際の彼はいかにもやり手の実業家だった。

副島にも臆せず、あらためて話を持ちかけてくるのだから、優男《やさおとこ》風の外見に似合わずなかなか剛胆だ。

――その工場というのも、元々はさる要人の縁者が所有していたものでしてね。事業が頓挫《とんざ》する前は、胃薬だの医療用のモルヒネだのを作っていたと聞いています。持て余しているというので私が格安で譲り受けたんですが、これが私には使いどころがない。かといって大っぴらに転売するのも、その要人の手前、決まりが悪いでしょう？ それでごく内々に、信用に足る方に売れればと考えたわけなんですが。たしか、御社は染料や樟脳《しょうのう》といったものも……。

――ええ、取り扱っておりますよ。薬品とはまた少し違いますがね。

葉巻に火を点け、副島はうなずいた。ソエジマ商会は幽霊会社も同然だが、表向きの取扱品目には入っている。

――やはりそうでしたか。となればなおさら、ぜひとも副島さんにお願いしたいなア。

若林は長い睫毛を瞬き、満足そうに頬を緩めた。

視線をさえぎるように紫煙を燻らせながら、副島もまた、嗤いが漏れそうになるのを静かにこらえていた。

あの日――。

云い訳ばかりの無能な部下を始末したあと、副島の食指を動かしたのは〝薬品〟の二文字だった。

絹枝《きぬえ》が伏せってしまったため、新規入会者を得がたい状況は当面続くと考えざるを得なかった。となれば、収益を保つ道はひとつ。既存会員からより多く絞り取ること——それは自明だったが、問題はその策である。

財布ごと捧げたくなるくらいの、何か新しい仕掛けはないか。そう思い始めたところへ耳に入ってきたのが、例の工場の売却話だ。

副島は予感じみたものを覚え、〝薬品工場〟の調査を部下に命じた。

するとどうだろう。売主が判明したのみならず、報告書に記されていた単語に目を見開かされた。

——『モルヒネ』。

阿片芥子《あへんけし》からアヘン、アヘンからモルヒネへと、科学の発展に応じて姿を変えつつ、人類に極楽と地獄を味わわせてきた合成化合物。

欧州大戦のさなかに輸入が途絶え、国産化が進められているとは聞き及んでいたが、よもやこんな小さな工場でも作っていたとは……。

そして仄聞《そくぶん》によれば、モルヒネからはヘロイン——さらなる地獄が生成され得る。

副島は色めき立った。

これを逃す手はないのではないか？

たとえば現状、白妙会《しろたえかい》の会員たちには、〝やくし様が御力を込めてくださった〟という触れ込みの――実際には二束三文の――数珠や御札を売りつけている。けれども、そこに匂い袋でも加えてやったらどうだ？　敬虔《けいけん》な信者たちには、それとなく中身の炙《あぶ》り方まで教えてやる。

そうすれば、こちらから売りさばかなくとも、皆血眼になって買い求めるだろう。買収で一時的に懐は痛むが、収益の急回復は約束されているも同然。考えれば考えるほど、これ以上の策はないと思えてくる。

一点だけ、若林という男の素性が気になったが、それも部下に徹底的に洗わせた。するとは嫡男ではないながらも華族という身分にふさわしく、彼は市谷《いちがや》の豪邸に住み、ときの内務大臣宅にまで客人として出入りしていた。数日尾《つ》け回しても怪しいところはなく、休工場が実在するのも確かめた。

工場の元の所有者だという〝さる要人の縁者〟――その〝要人〟というのも、昵懇《じっこん》にしている内務大臣ではないのか？

長くなった葉巻の灰から、副島は若林に視線を移した。思いがけない幸運を運んできた男に、めずらしくも心の中で感謝する。

――では、契約場所はこちらでご用意しましょう。新橋にうちが所有するダンスホールがありましてね。そこの二階に、専用サロンがあるんですよ。これが存外、使い勝手が良い。

——なるほど。そういう場所なら安心でしょうね。我々が会っているのを誰かに見られたとしても、客として踊りに来ただけだと云い張れる。

若林もまた、あくまで内密に事を進めたいらしい。彼は共犯者めいた笑みを浮かべ、契約の段取りを確かめると、機嫌良く帰っていった。

もう少しだ——。

金を生み出す〝打ち出の小槌《こづち》〟が、もう少しで手に入る。

副島はくつくつと喉を鳴らし、若林の乗り込んだ車が遠く見えなくなるまで、執務室の窓から見送ったのだった。

＊

「どうだったかな、うちの踊り心地は」

ヴァイオリンの音が尾を引くように消えたあと、副島は軽くグラスを掲げ、フロアから引き上げてきた若林に声をかけた。

彼は頬をほんのり上気させ、襟首の汗を手巾《ハンケチ》で拭っている。

「さすがですね。床の手入れも良いし、バンドの質も申し分ありませんよ」

「それは何より」

副島も口角を上げてうなずき、懐中時計を一瞥する。

踊り始めてからすでに小一時間。ではそろそろ、と云いかけたちょうどそのとき、あっと声がした。

振り向くと、若林が腰をかがめて何か拾っている。煙草の箱のようだ。手巾を懐に戻そうとして、うっかり落としたらしい。

「呑ませすぎてしまったかな。酔い覚ましの水でも？」

「いえ、お構いなく。……お待たせしました」

身繕いを終え、ダンサーから実業家に戻った彼を、絨毯《じゅうたん》敷きの階段へと導く。革靴を長い毛足に沈ませ、階段を上り切って右へ折れると、廊下沿いに並んでいるのは半個室状の上客専用サロンである。

副島は先頭に立ち、用意させていた一室の扉を開けたのだが、中にはすでにロイド眼鏡の青年──代書人の吉沢《よしざわ》がいた。

彼は副島に気づくや、「本日もご用命ありがとうございます」と応接卓子の傍らで背筋を正す。

「副島さん、その方は……？」

「きみは初対面だったな」

副島は小首をかしげた若林に向き直ると、今日の立ち会い人だと紹介した。

「我が社の契約ごとは本来、桂《かつら》という代書人に一任していてね。しかし最近はうちの商売も手広くなって、桂ひとりでは間に合わなくなってきていた。そこで先日、彼も顧問代書人に加えたんだよ。一見線が細いが、桂からの推薦どおり、仕事に問題はない」

「へぇ。うちでも頼もうかな」

「どうぞよしなに！」

若林が愛想《あいそ》良く云ったとたん、吉沢はすかさず名刺を渡している。

存外商魂たくましい男だ、と内心鼻白みつつ、「それにしても……」と副島は眉をひそめた。

「なんだその大荷物は」

へっと瞬いた吉沢の足元には、ひと抱《かか》えもある大きな手提げ鞄があった。革製で頑丈そうだが、書類入れとしては明らかに大きすぎる。

「あア……実はこの後、泊まりがけで仕事なんです。夜行で発《た》つんですけど、一週間は帰れないっていうんで」

「ほう。繁盛するのは結構だがな。うちの仕事を疎《おろそ》かにしようものなら――」

「もっ、もちろん肝に銘じておりますとも！」

青くなった男を鼻で嗤うと、副島は奥の応接椅子にどっかりと座った。若林もまた、物慣れた様子で向かいの席に落ち着く。

しかしその寸前、彼の目が何かを探すようにすばやく動いた。

扉の前――部下らの手元か？

「……なるほど。手付金の在り処《あ　か》が気になるのかな」

「それは」

「心配には及ばんよ。契約が済み次第、ここに持ってこさせる。防犯上、金の移動は極力少なくしているのでね」

「そういうことでしたか。疑うような真似をしてしまって、誠に失礼」

緑を帯びた瞳に安堵の色が浮かぶ。その微笑みは上品そのものだったが――

不自然、違和感。

副島はどことなく、そんな印象を抱いた。

潰れかかった工場の売買など、若林にとってはお遊びのようなものだろう。華族であり、実業家でもあるのだ。手付といえど少なくはない額だが、金に困ってもいない彼が、なぜいちいち金の所在を気にするのか。

もしやこの男、何か隠して……？

だがしかし、こちらの調査に遺漏はないはず。工場の実態は念入りに調べさせたし、吉沢が用意した書類もごく一般的なもの。大事を取って事前に桂にも確認させたが、不利な点はないどころか、破格の条件だと感心されたほどだ。

であれば、この違和感はどこから？

何か取りこぼしているのではないかと、積み重なった記憶を浚《さら》っていく。

と、そうするうち、副島の求めに応じるように、何ヵ月も前に聞いた言葉がふっと浮かんだ。

——見た目は紳士なんですけど、どっか胡散臭いんですよね。欧米の血でも混ざってんのか、よく見ると目ン玉も緑で……。

緑？

思わず顔を上げると、若林と真っ向から視線が絡まる。ゆっくりと瞬かれた睫毛の奥。そこで光をたたえていたのは、意志を宿した碧玉《へきぎょく》——

——そういうことか。

ぐっと歯を食いしばらなければ、自嘲的な嗤いが今にも飛び出しそうだった。

「宗像《むなかた》」

副島は吐息を細く逃がすと、扉の脇にいた坊主頭《ぼうず》の大男を呼びつけた。俺としたことが、モルヒネに目が眩《くら》んで油断してしまったらしい。

失敬、と宗像を廊下へ連れ出し、手早く指示を与える。

そうする間にも、口内の苦みは深い憎悪へと変化し、副島をじりじりと煽った。相手はあの男だ。人好きのする笑顔で俺の懐にさえ入り込んでくる、あの若林という男……。

「一刻も早く調べろ」

睨み下ろすと、岩のような巨体が「はっ」と頭を垂れる。

怒りを極めた人間というのは、これほどまでに思考が冴え渡るものなのか。奇妙な感慨を催しつつ、副島は憎き男が待つ扉の向こうへと意識を凝らしていた。


売買手続きはその後、吉沢の主導で粛々《しゅくしゅく》と進められた。副島と若林が見守り、宗像以外の部下が扉の前を固める中、吉沢が書類を検めていく。

土地の権利証、土地台帳謄本、公図、印鑑証明……。常ならば退屈極まりないこうした手続きも、今の副島には苦にもならない。若林はこれから己が余興の主役になるとも知らず、吉沢の読み上げる条項を静かに聞いている。

「それでは、この内容でよろしければ御署名を――」

「待て」

吉沢が書面を差し出そうとしたところで、副島は低くさえぎった。

「どうだね、ここらで小休憩といくのは」

あえて口調を和らげると、若林の目に若干訝しげな色が点る。

「恥ずかしながら、これほどの買い物はこのダンスホール以来でね。きみは取引にも慣れているのかもしれんが、こちらはそうでもない。柄にもなく緊張してしまっているようだ」

「しかし……あとはもう署名を残すのみです。ひとまずそこまで終わらせてしまっても良いのでは？」

若林は気遣うように提案してきたが、副島は軽く肩をすくめた。

「今さら焦らずとも、契約はどこにも行かんよ。それとも何か？　きみには急がねばならない理由でもあるのかな」

「……いえ。副島さんのことですから、契約についてはとうに腹を固めておいででしょう。ここは思い切って終わらせてしまったほうが、気も楽になるのでは。そう思ったまでです」

ここまで仕掛けておいて、今さら尻込《しりご》みされてはたまるまい。

あくまで平静を装う胆力には感心したものの、副島は真顔で懐を探った。それから舌打ちをひとつ。

「きみ、煙草は？」

「……葉巻ではありませんが」

若林は自分の小箱を差し出す。

「済まないな」

一本抜き取りながらすばやく見やると、箱の意匠はひとこぶ駱駝——思ったとおりだ。

副島は癖の強い煙を、噛み締めるように燻らせる。

そうして重い沈黙の中、今か今かと待ち続けていたのだが、四本目を吹かし始めたところでついにノックの音が響いた。

「社長。失礼します」

息を切らして入ってきた宗像は、副島の脇にかがんで耳打ちした。

聞き終えると同時に、副島は紫煙を吐き切る。火を点けたばかりの煙草を、契約書の上でぐりっと押し潰す。

「……ハハッ……フハハハッ……」

引き攣った嗤いを上げ、執拗に潰し続ける姿に何かを感じたのだろう。終始澄ましていた男の顔が、向かいで強張った。

とても愉快だ。……が、もはや五体満足で帰してやるつもりは微塵もない。

謀《はか》られた恨み、手玉に取られていた屈辱は、粘ついた嗜虐《しぎゃく》心へと姿を変えつつあった。

「さて、若林くん」

椅子を軋ませて立ち上がった副島は、卓子に腰を預けると、若林の前にあった煙草の箱を手に取った。

「あいにく俺は、まどろっこしいのは苦手でね。いくつか訊かせてほしいんだが――まずはこの煙草だ」

「それが何か？」

若林は瞬時に微笑を貼りつけ、素知らぬふうに見上げてくる。

「きみは先刻、ホールでこいつを落としていただろう？　それを見かけて、おやと思ったんだよ。この駱駝印の煙草は、そこらに売っているものじゃない。この俺でも見たのは一度きりだが、喫《す》っていたのはたしか、横浜の代議士だったな。視察で米国に渡ったとき、向こうで評判だったそれに惚れ込んだと云っていた。輸入してまで喫うとは、相当な好事家《こうずか》だと驚いたものだが……それでもしや、きみも洋行帰りなのかと思ってね」

にやつきながら箱を滑らせると、若林はええ、と溜め息交じりに片手で止めた。

「その代議士殿の滞在先は存じませんが、私が米国にいたのは本当ですよ」

「遊学か？」

「そんなものです。はじめは日本の味が恋しかったものですが、食事も煙草も、いつの間にやら舌が馴染んでしまいましてね。……しかし、それがなんだと仰るんです。まさか、煙草の銘柄《めいがら》が気に食わないから契約しないとでも？」

「まアまア、落ち着きたまえよ」

態度を尖らせた若林をさえぎり、もったいつけるように脚を組む。

「気を悪くしたなら申し訳ないが……俺が以前から捜している元詐欺師の男も、どうやら洋行帰りらしくてね。そろそろ顔を拝んでみたいんだが、聞くところによると、そいつは三十がらみで紳士風。俺の前に現れるとしても偽名を使うだろうが、容姿には特徴がある」

副島はしばらく間を置くと、まずひとつ、と人差し指を立てた。

「日本人離れした栗色の髪」

「なるほど？」

「もうひとつは——碧玉のような緑の瞳」

ゆっくりと二本目の指を立てた瞬間、水を打ったように室内が静かになった。

鋭い視線が集まった先で、遅れて乾いた嗤いが上がる。

「ははっ、何を仰るかと思えば……」

若林は嗤いを引っ込め、「虹彩の色の薄さは自覚していますがね」と黒い前髪をつまんでみせた。

「こちらはご覧のとおり、平々凡々たる黒髪ですよ。ひとつ当てはまるだけで疑われるとは、さすがの私も心外だな」

「ひとつ？　それこそ勘違いしてもらっては困る」

副島が顎をしゃくると、控えていた宗像がすかさず手帳を取り出した。咳払いに続き、読み上げられていくのは副島が命じた調査の結果である。

「えー、先ほど本契約に係る薬品工場に赴きまして、近隣住民に再度聞き込みをおこないました。その結果、工場内で実際に生産されていたのは、胃腸薬や湿布といった粗悪な大衆薬。以前の報告にあったような、医療用モルヒネなどは作っていなかったようです」

「ほう……？　それは妙だな。うちの調査はともかく、それでは若林くんの話も虚偽だったということになってしまうが」

副島がわざとらしく云うと、宗像は若林を睨んでうなずいた。

「はい。住民らが云うには、あんな粗末《そまつ》な設備では医療用など到底不可能。自分たちは金をつかまされただけだ、と」

「金というのは？」

「先月末ごろ、住民や工場関係者の家を一軒ずつ訪れ、口止めをした者がいたそうで。名前や人相はまちまちでしたが、『ソエジマ商会が調査に来るはずだ』と云っていたとか。倍額の謝礼をちらつかせたところ、何人かが吐きました」

もういい、と宗像を下がらせた副島は、向かいの男へと視線を巡らせた。

「──というわけだそうだ。申し開きはあるかな？」

「…………」

「つまりお前は、偽の契約を俺に持ちかけ、一銭にもならない不良物件を買わせようとした。俺を大損させようなどという命知らず、思いつくのはあの小賢しい〝帝都の掃除人〟

くらいのものだよ。——答えろ。依頼人はどこのどいつだ。どこぞの宗教家か、勇に泣きつかれでもしたか？」

副島はゆっくりと卓子に乗り出し、若林の顎を乱暴につかんだ。

その拍子に、艶のある黒髪がさらりと流れる。髪の色はカツラでどうにでもできるが、目の玉ばかりは細工のしようがなかったのだろう。

「あわよくば手付金だけでも、という腹だったんだろうが……俺に喧嘩を売ったのは失敗だったな。さてどうする、泣いて慈悲を請《こ》うか？」

副島は分厚い爪に力を込め、若林の肌にさらに食い込ませた。痛むだろうに呻きもせず、緑の瞳はますます強く睨み上げてくる。そんな態度が余計に腹立たしい。

と、そのとき——副島を睨み返していた視線が、ごく一瞬、周囲の様子を探るような動きを見せた。

隅にいた吉沢の万年筆が、カツンと床で跳ねる。

はっと意識を持っていかれた瞬間、強い衝撃が副島を襲った。

突き飛ばされた、と気づいたときにはすでに、若林は部下に体当たりして廊下へ飛び出していた。

どこへ向かった。階段？　いや、廊下の奥——

「非常口だ！　逃がすな！」

副島も我先にと部屋を飛び出し、タキシードの背中に飛びつく。壁際の細い卓子にもつれるようにぶつかり、ばしゃっと倒れた花瓶《かびん》が絨毯をしとどに濡らす。

もがく若林を引き倒すと、仰向けに転がし、両手を床に縫い留めた。

「……離せ」

乱れたタキシードは見るも無惨だったが、睨み上げてくる目つきは不遜なままだ。

「もう暇乞《いとまご》いか？　せっかく招待したんだ、ゆっくりしていけばよかろう。……そうだな、首輪はどうだ？　つけるなら離してやらんでもないぞ」

「ふざける、な！」

思わぬ力で片手が振りほどかれ、若林の右の拳がビュッと頬を掠める。

副島はしかし、その腕をすぐに捕まえたのち、もう片方の腕ごと背中に捻り上げた。

さて、此奴《こやつ》にはどんな苦痛を与えてくれよう。

じっくりと爪を剝ぎ、指を一本ずつ切り落とすか。磔《はりつけ》にして拳銃の試射の的にでもしてやるか……。

後ろ頭をつかみ、濡れた絨毯に押しつけると、若林の整った顔がはじめて苦悶に歪んだ。

「実に良い眺めだ。この場にお仲間たちがいないのが非常に残念だが——おっと、とはいえ、娯楽は長引かせたいタチでね。楽には死ねんだろうが、己の浅はかさを呪《のろ》うがいい」

ついにだ。

忌々《いまいま》しい掃除屋の頭を、ついにこの手で捕らえた！

腹の底から突き上げるような歓喜に、副島は大きく身震いした。

ぴく、と副島が身じろぎしたのは、若林を組み敷く両手に力を込めたときだった。

骨の感触にどこか違和感を覚え、押さえつけた男の手首を慎重に握り直す。

「お前」

もしやと思い、左肩に膝でのしかかったとたん、甲高く掠れた悲鳴が上がった。

「あああぁ‼」

「……ッ！」

床に散った髪を急いで鷲づかみにすると、ずる、とカツラが外れる。

そこまでは想定どおりだったのだが、下から現れたのは栗色ではなく、耳の下で切り揃えられた豊かな黒髪――

「どう？　まんまと騙された気分は」

先刻まで男だったはずの若林の口から、若い女の声がする。

言葉が続かず、目を見開いたまま硬直していると、女は脂汗を浮かべながらもくすくす嗤った。声質はおろか、目尻《めじり》ににじんだ妙な色気まで、若林とはまったくの別人だ。

「お前……茶話会で仕留め損なった奴か」

「あら光栄。ご存知だなんて」

「女だというのは初耳だがな」

皮肉を込めて返すと、女はうふふと左肩を一瞥する。

「あのときはあたし、とぉーってもおもてなしを受けたじゃない？　ご恩はきっちりお返しするのが礼儀ですもの、今日は張り切って変装したのよ。……ご感想、いただけないのかしら？」

上目遣いに微笑まれた瞬間、かっと頭に血が上った。

「認めん、俺は認めんぞ……！」

女を床に突き飛ばし、「いいか！」と怒声を放つ。

「お前らは負けたんだ。偽の契約で俺を嵌めようとして、無様にも見破られた。そうだろう！　どうやって黒目を緑に変えたのか知らんが――」

「あアこれ？」

女は微塵も動じず、あっさり起き上がると、「装着眼鏡って云うみたいよ」と両目を寄せた。

「難しいことはわかんないけど、欧州の論文を見つけたーって、うちの天才坊やが大喜びで作ったのよね。痛みもかなりのものだし、長いこと着けられないのが難点だけど。こないだの茶話会でなんか、あまりの痛さに涙目になってた誰かさんもいたし……」

女はそう云って笑いを噛《か》み殺《ころ》していたのだが、自分の襟元を見下ろし、「やだ!」と血相を変えた。

「タキシード破れちゃってる! あアもう、せっかく肩幅詰めてもらったのに。すぐ駄目にしたらまたなんて云われるか」

「おい待て」

「え?」

「今なんと云った。茶話会だと?」

忍び込んできた鼠はこの女一匹じゃあ……。

思わず胸ぐらをつかむと、「あ、気づいた?」と女は声を弾ませた。

「そうそう。あたしなんかのことより、あなたのだーい好きなお金を心配したほうがいいと思うわょー」

「金だと? そんなものここには……」

眉をひそめたところで、副島はハッと口を噤《つぐ》んだ。宗像が真っ青な顔で駆けてきたのはそのときだ。

「ご、ご報告します! 地下室が何者かに破られておりまして……!」

「なんだと!?」

副島は声を裏返した。

このダンスホールに地下室があるのは、一部の者しか知らないはず——。ホールを改築する際、裏金の保管のために作らせた隠し部屋だが、元々の図面にないのはもちろん、存在を知らなければ地下への階段を見つけることさえ難しい。

「金庫は」

「確認したのですが、その……」

「さっさと云え！」

「はっ。解錠され、中身もすべてなくなっているようです」

怯えきった宗像の声が、ひどく遠く聞こえた。

なんだ？　何が起こっている……？

ぞわぞわした不快な塊が背中を滑り落ちていく。

そのとき、副島の脳裏をふっと何かが掠めた。つい最近、どこかで見かけた大きな手提げ鞄だ。

——実はこのあと、泊まりがけで仕事なんです。夜行で発つんですけど、一週間は帰れないっていうんで……

「あいつは⁉　吉沢はどこへ行きやがった！」

副島は青筋を立たせ、女の襟元を締め上げたまま怒鳴《どな》り散《ち》らした。けれども、個室の前で部下がざわついているのが何よりの答えだった。

「……そうか。はじめから、契約のほうが囮か」

「ご名答。掠めるにしても手付ぽっちじゃ、あんたの懐はそこまで痛まないでしょう？　どうせだったら、溜め込んでるモノをごっそり頂戴しなきゃ」

女は副島を見上げて艶然《えんぜん》と唇をつり上げる。

「社長が大事な契約のためにやってくるんですもの、いつもは厳重な金庫の警備もいくらかこっちに割《さ》かれるはず。そこが狙いだったんだけど、さすがに百戦錬磨のあたしたちの中でも、金庫破りまでこなせるのは彼だけでね」

「……それでお前の出番か」

「またまたご名答。彼が仕事をしてるあいだ、あんたの警戒ぶりに乗じて、ビンビン注意を引いてたのがこのあたし。厄介な役ではあるけど……ま、怪我を押して務めた甲斐はあったわ。いい男が愕然とする瞬間、やっぱたまんないもの」

女は捕らわれているにもかかわらず、うっとりと瞳を潤ませ、妙に熱い息を吐いている。

副島は開いた口が塞がらず——若干身の危険を感じ——「よっ、吉沢を追え！」と叫んだ。

「なんとしてでも金を取り戻せ！」

それからこいつを縛って……と続けようとしたのだが、ふと視線を戻すと、数秒前まではなかった何かが女の目元に嵌まっている。

なんだこれは。ゴーグルか？

「さて、と。これだけ時間を稼げば充分かしらね、吉沢サン？」

宙に向かってつぶやき、副島の縛《いまし》めからするりと抜け出すと、女は花瓶が置かれていた卓子に駆け寄った。

細い指先がその脚元の釦《ボタン》をぐっと押し込むのを、副島は呆然と眺めていた。

＊＊＊

くしゅん、とクシャミをして、吉沢、もといウィルは思わず苦笑した。

あの場を引き受けてくれたアヤが、自分のことを案じてくれたのかもしれない。

彼女をひとりで残してくるのは気がかりだったが、あんな華奢ななりでも、肝の据わり具合はそこらの男以上である。くぐり抜けてきた修羅場は数知れず、彼女に騙され、逆上した男《カモ》を見事な立ち回りで返り討ちにすることも多々あったらしい。

それに——万一に備えて、あの二階には忠太《ちゅうた》印の催涙装置を仕掛けておいた。

アヤなら副島らが苦しんでいるあいだに、自力で逃げ出してこられる。そう疑いなく思えるほどには、彼女の能力をウィルは買っていた。

さて、と意識を切り替えると、ウィルは手提げ鞄をもう片方の手に持ち替えた。中に入っているのは、地下の金庫に隠されていた白妙会の裏金——その全額だ。鞄はずしりと重く、持ち手が指に食い込む。そのかすかな痛みが、副島がおこなってきた罪の重さをも思わせる。

ウィルが児玉《こだま》に命じ、副島所有の不動産を洗い始めたのは、今からふた月ほど前のことだった。

副島の用心深さを鑑《かんが》みるに、裏金を銀行に預けるような真似をするとは思いがたい。現金としてどこかに隠しているのではないか。

そう睨んで調査を進め、例のダンスホールに目星をつけてはいたのだが、副島の守りは想像以上に固く、決定打には欠けた状態だった。

そこへやってきたのが、緊張を顔に貼《は》りつけた勇である。

——あの、ウィルさん。ここにあった図面って新橋のダンスホールのですよね？

彼はその日、事務所に立ち寄ったウィルのもとへ慌てて飛んでくると、「一ヵ所間違ってましたよ」と云い出した。

——前に一度、副島の使いでそこに届け物をしたことがあるんです。で、そんな場所めったに出入りできないし、豪華だなぁってつい中をうろついてしまって……。こないだその図面を見かけたとき、すぐには思い出せなかったんですけど、なんか変な気はしてたんです。

その理由をずっと考えていたという彼は、やっとわかりましたよ、と卓子に図面を広げた。

――この図面、実際の間取りと違うんです。ここんとこにもうひとつ扉があって……。

彼がそう云い、躊躇なく指差したのは、ダンスフロアとは反対端の一階の奥だった。

――なるほど。図面にない扉があるということは……。

――隠し部屋か、秘密の通路でしょうね。

腕組みして云った磐田《いわた》に、ウィルも同意する。

思い違いじゃないだろうな、と磐田が凄みを利かせたが、勇は怯まずうなずいた。

――間違いないです。俺のこの目で、たしかに見ましたから。

その後、児玉を潜り込ませて扉の存在を確かめたウィルは、契約当日、吉沢としてダンスホールに乗り込んだ。事前の調査によれば、用件の前に客人をホールでもてなすのが副島の流儀らしい。

アヤが奴を引きつけているあいだに、地下室に忍び込んで金庫を破る。それが今回の役目だったが、見張りの注意を逸らすのにいささか気を遣ったものの、裏金を鞄に詰め、吉沢として順調に契約に臨んだ。

偽の契約だと見破られはしたが、それも想定内である。

これで八割方終わったも同然。あとはこの鞄を車まで運べば……と大通りの角を折れたとき、ウィルは背後に気配を感じた。

大きく飛び退った直後、ぶうんという風切り音とともに、元いた場所に拳が振り下ろされる。

——宗像か。

「待てぃ、吉沢！　このニセ代書人めが！」

咆哮《ほうこう》はさらりと聞き流し、ウィルは鞄を抱えて走り出した。

裏小路《うらこうじ》を複雑に折れ、脚力の限りに駆ける。けれども、抱えた鞄が重い。半端な月光だけでは足元もおぼつかない。

それでも息を切らし、車を駐めた路地裏まではたどり着いたのだが、キイを挿して開錠するだけの余裕はなかった。

荒々しい足音が迫ってくる。猶予はほんの三間弱。

ウィルは鞄の持ち手を握り直し、遠心力を加えて振り向きざまに薙《な》ぎ払《はら》った。見事坊主頭のこめかみに直撃し、太い脚がもつれる。

が、やはり副島に重用されるだけはあるらしい。宗像はよろけながらも拳を放ち、鋭い風圧がウィルの鼻先を掠めた。

「……っ」

カシャンと伊達《だて》眼鏡が飛んだだけで済んだが、宗像の足つきが確かだったら一撃で伸《の》されていただろう。

おそらく相手は丸腰。武器の使用は避けたいところなのだが……。

いけるか？

ウィルは鞄を車体の下にすばやく押し込み、いまだ焦点の定まっていない宗像を見据えた。そこに浮かんだのは、いつかの磐田の思い詰めた表情だ。

——頼みますから、護身術ぐらいは心得てください。あなたの計画は完璧でも、俺の目には危なっかしすぎるんです。

ウィルは瞬時に苦笑をかき消し、数歩の距離を一気に詰めた。

勝機は一度だ。宗像がふらついているうちに——左手は肘《ひじ》、右手は背中。手応えを感じるや身を翻して、巨体を大地に叩きつける。

夜に沈んだ路地からいっとき静寂が失われ、しかしそれは土埃《つちぼこり》が収まるとともに戻ってきた。

打ちどころが悪かったのか、宗像が起き上がる気配はない。自分にしては上出来だろう。

回収した鞄を助手席に放《ほう》ると、ウィルは背広の内ポケットから拳銃《ピストル》を取り出し、銃口をまっすぐ頭上に向けた。

「Let the show begin.」

ふっと笑った直後、腕に強い衝撃が伝わる。

それは帝都の空に一条の軌跡を描き、流星かと見紛《みまが》うまばゆい閃光《せんこう》を放ったのだった。

7章

午後九時を回り、丸ノ内の白妙会《しろたえかい》本部ビルはひっそりと静まり返っていた。

監視役を仰せつかった勇《いさむ》は、向かいの路地裏から双眼鏡を覗いている。『ソエジマ商会』と掲げられた一階の事務所には、すでに明かりひとつない。電話番の社員もとうに退勤済みだろう。

ほんの数ヵ月前まで、自分はあの事務所で働いていた。副島《そえじま》に心酔し、姉がすぐ傍にいることさえ知らず――。そう思うと、またしても胸を掻きむしりたくなるような衝動に駆られたが、勇はカーテンの引かれた最上階に向かって固く誓った。

姉ちゃん、今度こそ助けてやるからな……！

「あーもう、辛気くさっ」

するとそこへ、バリッボリッという音に混じって不満げな声がした。振り向くと、忠《ちゅう》太《た》が渋い顔でかりんとうを囓《かじ》っている。

「あんたさ、そんな死にに行くみたいな悲壮感やめてくんない？　士気が下がるんだよ。

現場ってだけで憂鬱《ゆううつ》なのに」

云うが早いか、かりんとうを勇の口にもズボッと押し込んでくる。美味《うま》いは美味い。が、そんなもので気が紛れるなら苦労はしないのだ。

「なア」

「もうやんないぞ」

「そうじゃなくって。……ウィルさんとアヤさん、大丈夫かな」

夜空に向かって双眼鏡を構える磐田《いわた》を、勇は憚るように見た。

「俺、ここまで大がかりな作戦ってはじめてだし……。相手はあの副島だろ？」

裏金よりも正直、彼らの安否のほうが心配だ。そう小声で漏らすと、忠太はまたかと呆れた顔をした。

「ったく、五ヵ月近くも何見てたんだか……。無駄だよ、心配するだけ無駄無駄。あのふたりが揃ってしくじるなんざ、富士山が火を噴くよりあり得ない」

それにさ、と忠太は指についた黒糖を舐め取り、ニヤニヤ視線を寄こした。

「あんな涼しい顔して、あの人、絶対楽しんでるからね」

「あの人？」

「ウィルだよ。茶話会の前なんか、より完璧に変装するんだってアヤに教えを請うてたもんな。声色の変え方とかイチから指南してもらって、それで実際、どっかの馬鹿が面白いくらい騙されてくれる、と。そりゃアたまんないでしょ」

「……っ！」

勇はぐうの音も出ない。

勇が代書人・吉沢《よしざわ》の正体を知らされたのは、今日の夕刻、作戦に臨む間際のことだった。その衝撃といったらもう、あわや茶を噴き、椅子から転げ落ちるところだった。

何しろ勇の認識では、ウィルと大友館《おおともかん》ではじめて出会ったのは今年の三月初旬。ところがどうして、彼はその半年以上も前から吉沢という青年に扮《ふん》し、勇の前に現れていたのだ。

しかも、しかもだ。ふたりは別人なのだと勇に印象づけるべく、わざわざ吉沢の姿で茶話会にも参加したというから、人の悪さも折り紙つきである。

──でっ、ですけど……！　あの日は俺、もうすぐ会が始まるってときに電話しましたよね？　ウィルさん、ずっと上野の事務所にいたんじゃあ……。

勇が混乱しながら尋ねると、

──あれはね、事前に交換手を買収していたんだ。

──買収ぅ⁉

彼はうん、と悪びれもせず微笑んだ。

──あの日、あの自働電話室から事務所宛てに発信された電話は、すべてレストランの支配人室に回してもらう手筈になっていた。それに出られるよう、きみがレストランから出ていったあとで、僕もただちに支配人室に向かってね。何、あそこの支配人は融通が利くというのか、実はかつての依頼人なんだよ。だから喜んで協力してくれたんだが、結果的に大騒ぎになってしまって、そこは申し訳なかった。おまけに装着眼鏡の具合が悪くて、僕だけ先に離脱してしまったし……。

アヤを任せて済まなかったね、とウィルは一転、しおらしく謝罪する。

——きみをどこまで信じられるか、あの時点では未知数だった。だから吉沢の存在も残しておきたかった。若槻《わかつき》・W・誠一郎《せいいちろう》ではない、きみも副島も知らない存在をね。

勇は釈然としなかったが、整った顔面の威力は凄《すさ》まじく、そんな男にしゅんとされると憤りもたちまち萎んでしまった。

この人たらしめ。

どうせ全部計算なのだろうが……それでも逆らえない自分が一番恨めしい。

「おい！」

背後から鋭い磐田の声がしたのは、そのときだった。

慌てて彼にならい、南の方角を凝視すると、夜空を二分するようにまばゆい軌跡が走っていた。ウィルが放った彩光弾だ。

天に向かってぐいぐいと切り裂いていく——その色は、赤。

首尾良くいったのか！

思わず歓声を上げそうになったが、双眼鏡を下ろした磐田は、相変わらずの真顔で向かいのビルを仰ぎ見た。

「突入する。総員、気を引き締めてかかれ」

磐田が軽く手を振り、停止の合図をしたのは、陰伝いにビルの裏口まで来たときだった。勇は唇を引き結び、壁を背にして周囲をうかがう。

ウィルたちが副島を引きつけてくれているおかげで、本部ビルの警備は平時より手薄だった。

ウィルが引いた道筋に沿って、水が流れるように事が運んでいく。毎度のことながら、彼の頭の中はどうなっているのかと空恐ろしくさえ思う。

「忠太が解錠するまで、勇は裏手を。俺は大通り側を見張る」

「了解です」

勇はうなずき、そのまま裏の角に向かった。右手に握り締めているのは、先端から電流を発する忠太特製・電磁警棒だ。

最低限の稽古は磐田につけてもらったものの、緊張のあまり、手汗がにじんで不快に滑る。警棒を一度持ち替え、ズボンの尻で乱暴に拭う。

……問題ない。

敵が現れたら、ともかくこれを突き出す。もしくは思いっ切り振り下ろす。それだけだ。

自分に云い聞かせつつ、そうっと角に忍び寄ったのだが、もう一度手を拭おうとした矢先、黒い影が目の前に飛び出してきた。

髭面《ひげづら》。体格の良い男。

——見張りか⁉

とっさに斬《き》りかかるも、太い腕に弾かれて気がつく。

しまった、電源釦《ボタン》——。

勇はヒッと目をつぶる。

ところが、予想に反して痛みは訪れず、訝しみながら瞼を開けると、熊《くま》のような大男が目の前で崩れ落ちていくところだった。

異変を察した磐田が、駆けつけるなり男の鳩尾《みぞおち》に一撃を叩き込んだらしい。

「あ、あの。ありがとうございました」

「持っておけ」

男の服を検めていた磐田に、ぞんざいに何か渡される。

「ピ、拳銃《ピストル》ぅ⁉」

「お前が一番潜入に不慣れだろう」

って、そんな軽々しく……。

「や、大丈夫です。俺にはこの電磁警棒があるんで！　今度こそ応戦します」

生々しい重みにおののき、丁重に断ると、磐田は無言でそれを自身の腰に挟んだ。といっても、みずからの肉体を頼む彼にとっては、あくまで非常手段だろうけれど。

「終わった？」

難なく裏口を解錠していた忠太に急かされ、扉の脇に張りつく。

「行くぞ」

足音を忍ばせ、磐田、勇、忠太の順で侵入を果たすと、商社事務所の中は百畳ほど。事務机や応接椅子が並んだ、勇にとっては懐かしい光景なのだが、いかんせん夜の室内は光に乏しい。呼吸を殺し、目が慣れるのを待つほかない。

しかし間もなく、真っ暗な視界にほのかな輪郭《りんかく》が浮かんでくるごとに、勇は妙な収まりの悪さを感じた。

「待ってください」

目の前のシャツを引っ張る。

どこだ——いったい何がおかしい？

勇は慎重に室内を見回し、記憶と照らし合わせたのち、「あそこの机」と磐田に耳打ちした。

「それから応接ソファー。奥の書棚もですね。不自然に位置が変わっています」

「……電話線が切られたのを察したか」

自分はここで一年近く働いていたものの、模様替えなど、開所以来一度もおこなわれていないようだった。だというのに、こんなにも什器《じゅうき》の配置が変わっている。並び具合も雑だ。

もし磐田の云うとおりなら――

「忠太」

お前も気をつけろ、と勇は背後へ囁いた。だがその声は、地鳴りのような雄叫《おたけ》びにたちまち呑み込まれた。

武器のつもりか、めいめいに鈍器を掲げ、男たちが什器の裏から飛び出してくる。

予感的中。

警備の薄さはウィルの目論見どおりだったが、そこは敵も然《さ》る者。隠れやすいよう什器を動かし、迎え撃つべく潜んでいたのだ。副島は奇襲に備え、そこそこ頭の切れる部下を置いていったらしい。

「階段だ！　走れ！」

怒鳴りながら、磐田が男どもを蹴散らす。

「ひええっ……」

「行くぞ忠太！」

勇も竦み上がっている細い腕を引き、電磁警棒を振り回しながら床を蹴る。と、その直後、暗闇《くらやみ》の奥で何かが動いた気がした。

あいつは、と目を凝らした瞬間、結びついた記憶。——間違いない。副島が侍《はべ》らせている側近のひとりだ。

いったい何を構えて……。

訝しんだと同時に、ざあっと肌が粟立《あわだ》つ。振り返るや、忠太に無我夢中で飛びかかる。

「危ない！」

耳をつんざく銃声に構わず、床に転げながら忠太の身体を必死に掻き抱いた。

小柄な身体に覆《おお》い被《かぶ》さってじっとしていると、残響を吹き飛ばすように再度響いた銃声。どさっと聞こえたのは、さっきの側近が倒れた音だろうか。

磐田が撃ち返したのだと思い至ったとたん、硝煙の匂いが遅れて鼻を衝《つ》く。

「勇、忠太！　怪我は」

駆け寄ってきた磐田に身体を起こされ、勇はそろりと手足を動かしてみた。指先は……うん、動く。血まみれかと思いきや、庇《かば》ったときに打ちつけた膝以外に痛みはない。

「……あまり寿命を縮めさせてくれるな」

「すみません」

磐田さんでもヒヤッとするんですね、と軽口を叩きかけたものの、すぐに口を噤《つぐ》んだ。愛想《あいそ》のなさとは裏腹に、熱の籠もった双眸。言葉にしないだけで案外心配性なのかもしれない。勇はひそかに反省する。

他に潜伏者がいないのを確認し、三人は事務所の奥の階段を駆け上がった。

「あ、忘れてた」

踊り場に差しかかったところで、忠太が背中の木箱から発煙筒を取り出す。手早く点火して階下に放つと、一階の事務所はたちまち煙に包まれた。どこかの配線が切れたのか、ビル全体がふっと闇に落ちる。

「火事だー!」

忠太の叫びに応じるかのごとく、各階の部屋からまろび出てきたのは、二十人は下らない会員たち。幹部らとは違い、階下の異変にも気づかずのんきに早寝していた上級会員だろう。

混乱に呑まれ、「逃げろ!」という忠太の声に煽られるがまま、彼らは一階の出入り口に向かって殺到していく。

「今のうちだ。急ぐぞ」

三人はその流れに逆らい、階段を上った。

途中、こちらの動きに気づいて刃向かってくる者もいたものの、所詮《しょせん》磐田の敵ではなかった。勇もまた、電磁警棒を振り回して汚名返上に努《つと》める。先端の電極が触れた瞬間、バチッと火花を散らして相手が崩れ落ちていくのはなかなか爽快だった。

「……ちょっとエグすぎじゃない？」

「お前が開発したものだろ」

怯える忠太に苦笑しながら一段上に足をかける。だがそのとき、なぜかガクッと体勢が崩れた。

揺らいだ視界に掠めるように映ったのは、さっき倒した男だ。道連れだとばかりに勇の足首をつかんでいる。

こいつ、悪足掻きしやがって……！

「勇！」

忠太の焦った声が遠くに聞こえた。しかしそれに応える間もなく、浮遊感と衝撃が代わる代わる襲いかかってきた。

後頭部に焼けつくような痛みが走って、目の前が明滅する。

あ、これ、爽快とかいってた罰かな……と、そんなことを思った矢先、分厚い幕が落ちるように意識が暗転した。

＊

——白く霞《かすみ》がかかった向こうから、さあさあと水の音がした。

ふと見渡すと、ここからはるか先まで、角の取れた小石が一面埋め尽くすように続いている。その途中には枯れかけた葦《あし》がまばらに生えていて、あア、そうかと勇は得心した。

ここは河原だ。

俺が生まれ育った村の、西の境を縁取るように流れる川。

勇はしばらくぼうっとしたあと、それなら、と記憶を頼りに歩き出した。

あれを見つけたのはたしか、大岩の淵の向かいらへんだったっけ。流れが大きくうねって、岸ごと弧を描いた終点あたりだ。

そこへたどり着くなり、足元に目を凝らして探し出す。が——

……ない。

ならば次はあっちへ……。

幼いころゆえ、記憶が不完全なのかもしれない。そうも考え、範囲はあえて絞らず手広く探していく。

けれども、這いつくばるようにして一帯を探したにもかかわらず、目当てのものは見つからずじまいだった。

おかしい、この妙な感じはなんだろう。

勇は河原に横たわって考え込んだ。何か大事なものが欠けているような……。

待てよ。どうして今、ここには俺しかいない？　あのときも俺ひとりだったか？　いや、そんなはずは——。

そうだ、姉ちゃんはどこにいる？

絹枝《きぬえ》の不在にはたと気づいたその刹那、勇は片腕がもがれたような、とてつもない喪失感に襲われた。

寂しさ、恐怖。あるいはそれに類する混乱に、心まで引き千切られそうになった。

ああああああ、ああああああ。

身も世もなく、幼子《おさなご》に戻ったかのように泣きわめく。姉ちゃんはどこ。どうすれば会える？　誰か教えて、と河原の真ん中で泣きじゃくる。

するとそのうち、何もなかったはずの場所から慎《つつ》ましやかな声がした。

〝——あらあら。そんなに泣いてどうしたの、勇〟

姉ちゃん！

勇は泣き濡れた顔を上げた。

〝べ、別になんでも……〟

とっさの子どもじみた虚勢にも、絹枝は優しく微笑んでくれる。

その表情は白い靄《もや》がかかったようで見えない。けれど彼女は、きっとお見通しだろう。勇の無力感も、精いっぱいの強がりも。

すべて察したうえで見て見ぬふりをしてくれるのだから、到底敵《かな》うわけがない。

でも――。

できることなら、今すぐ一人前になりたい。俺も姉ちゃんみたいに、悲しいことがあったら包んで慰めてやれる、強くて頼もしい大人になりたい。

なぜだか無性にもどかしくて、心の内側を炙られているようで、そんなひりついた思いが涙に代わってどっとあふれる。

だって俺が早く大人にならなきゃ、姉ちゃんの辛さは誰が受け止めてやれるんだ？

〝……まア！〟

弾んだ絹枝の声が聞こえて、勇ははっと瞬いた。振り向くと、絹枝は着物の裾を押さえてしゃがみ込み、何かを拾っていた。

〝見て。この石、紅玉《ルビー》みたいに綺麗ね〟

山の端を深紅に染める、夕陽のような赤色。勇も目を奪われる。

ふたりは額を寄せ、声もなく見とれていたのだが、やがて絹枝は何を思ったか、別の平たい石をそれに振り下ろし、まっぷたつに割ってしまった。

〝はいこれ〟

〝え？〟

呆気にとられる勇に、彼女は片割れを握らせた。

〝そっちは勇で、こっちは私のぶん。こういうの、ずっと欲しかったの。たとえ離ればなれになっても心細くないように……。ほら、こうして半分ずつ持っていれば、勇が隣にいてくれるみたいでしょう？〟

彼女は睫毛を伏せ、秘密を打ち明けるようにはにかんだ。

だけど姉ちゃん――自分が心細いからだなんて、そんなの、弱虫の俺のためについてくれた嘘だったんだろう？

＊

「――――！」

何か叫びながら飛び起きると、目の前にはふわふわした髪の毛があった。

「……俺……？」

「あー、やっぱあの世からも追っ払われたか。十数段滑り落ちたってえのに、あんた悪運強すぎ」

忠太はわざとらしい溜め息で茶化《ちゃか》して寄こす。

どれだけ時間を無駄にしたのか、一瞬ヒヤリとしたものの、気を失っていたのは数十秒かそこららしい。

「立てるか」

打ち身以外に怪我がないことを確かめ、磐田にうなずいてみせる。

「すいません、足止めしてしまって。先を急ぎましょう」

節々の痛みをこらえつつ、絹枝の部屋まで階段を駆け上がると、最後に行く手を阻んだのは観音開きの大扉だった。

引き手に巻きついているのは、禍々《まがまが》しいほどの太さのワイヤー。がっちりかかった錠前も巨大で、勇の手のひら以上だ。あまり酷い仕打ちに、怒りで我を忘れそうになる。

「……忠太！」

思わず声を尖らせると、

「もうやってる」

彼も胸糞悪《むなくそわる》そうに唇を歪め、工具を総動員して鍵穴をいじり始めていた。

いくら忠太の腕が良くても、これをこじ開けられるか？　下手に手出しもできず、勇はやきもきと見守るしかなかったのだが、不安で胸がはち切れそうになったころ、口笛とともにゴトッと錠前が外れた。

「姉ちゃん！　無事か⁉」

懐中電灯を掲げて部屋に飛び込む。

「勇……⁉」

やや上擦った、懐かしい声色。絹枝は寝巻き姿のまま、奥の窓辺で驚愕《きょうがく》をあらわにしていた。ボヤ騒ぎに気づきながらも逃げようがなく、途方に暮れていたらしい。

「話はあとだ。今のうちに逃げよう」

「今のうちって……この煙、まさかあなたたちが？」

「姉ちゃんを連れ戻すためにね」

ただの発煙筒だけど、と云いつつ、露台《バルコニー》に出て見下ろした前庭には、煙から逃れた会員たちの姿があった。

市街地方面に目を移せば、こちらに向かってくる豆粒のような人影――白妙会のヒラ会員だろう――も大勢見える。

「例の引き札、なかなか効いたんじゃない？」

忠太も手庇の下、満足げに鼻を鳴らした。『午後十時・本部ビルにて夜間集会あり』という偽の引き札を、事前にヒラ会員用の長屋に撒いておいたのだった。

「勇、あとは手筈どおりに」

磐田の声に振り向き、勇はうなずいた。磐田と忠太はそれを見届け、ひと足先に部屋を出ていった。階下の残党を制圧するためだ。

「さ、姉ちゃんも早く」

「でも」

「急ごう、時間がない。副島が戻ってきちまう」

この機を逃せば、絹枝はこの先も軟禁生活のままだ。いや、それで済むなら御の字かもしれない。副島にふたたび囚われてしまえば、もっとむごい仕打ちだって受けかねない。

勇は扉のほうを気にしながら、ぐっと絹枝の腕を引いた。しかしなぜだか抵抗を感じ、業を煮やして振り向くと、

「……ごめんなさい。私、やっぱりここに残るわ」

「姉ちゃん⁉」

「私のことはいいから、あなたたちだけで逃げて頂戴」

「本気で云ってんのか⁉」

肩を揺さぶって理由を問い質したが、絹枝は口を閉ざしてうつむく。階下のざわめきが遠くに聞こえる中、自分の荒い息遣いだけが不快に響く。

「何を心配してるんだよ。俺か？　俺のことか？」

「………………」

「まアたしかに、俺が姉ちゃんを逃がしたと知ったら、副島の奴、今度こそ怒り狂うよ

な。だからなおさら、あいつがいないうちに」

「無理よ」

「どうして！」

「だってそんなの——あの人がどれだけの人員を動かせるか、勇も知ってるでしょう？　逃げたところで、あっという間に連れ戻される。ううん、それだけじゃない。あなたを生かしておいてもらえるかどうか……。だからせめて、私が残って頭を下げれば、あなただけは見逃してもらえるかもって……！」

反論の言葉が見つからず、勇は苦々しく呻いた。

副島が戻ると云ってしまったのは失敗だったかもしれない。俺の身に少しでも危険が及んでいるなら、彼女は梃《てこ》でも動かない。一度こうと決めたら俺より頑固なのだ。

どうすりゃいいんだ、と勇は目元を覆った。すると暗がりに浮かんできたのは、いつかの河原の光景だった。

夢にまで見た、凍《こご》えるような寂寥《せきりょう》。ひとりでは何もできない歯痒さ。そんな感情が現実にまで押し寄せてきて、自分を押し潰そうとする。

またかよ——。

俺はまた、姉ちゃんのために何もしてやれないのかよ。

だがしかし、己への怒りがふつふつとこみ上げ、絶望に呑まれそうになったその間際、勇はかすかな引っかかりを感じた。

俺はいまだに、姉に守られてばかりのガキなのか？

……いや、違う。そうじゃないはずだ。

目元にあてがった手をゆっくりと下ろし、半ば無意識に懐中時計を確かめる。

「勇？」

——考えろ。

勇は強く念じた。こんなとき、掃除屋だったらどうするのか。彼らは何を考え、難局をどう切り抜ける？

副島が戻ってくるであろう時刻が、すぐそこまで迫っていた。

頼りない点滅とともに明かりが戻って、勇ははっと頭上を仰ぎ見た。忠太が通電を回復させたらしい。

「……合図だ」

考えるよりも早く、ぽつ、とつぶやきが漏れる。

「合図って」

「救難信号。忠太——さっきのガキからだよ。三回瞬いただろ？　一は集合、二は撤退、三は救難要請。……怪我人が出たんだ」

早口でまくし立てると、勇はぎゅっと眉根を寄せた。緊張が伝わったのか、絹枝も呼吸を凝らしてこちらを見つめている。

「俺、行かなきゃ」

「勇」

「忠太自身か磐田さんかわからないけど、たぶん今動けるのは俺だけだ。すぐに来てほしくて、だから俺にもわかる合図を寄こしたんだよ」

扉に向けた目を引き戻して、勇は「姉ちゃん」と絹枝の手を取った。

「……頼む。ついてきてくれ」

「でも」

「逃げろとはもう云わない。一階まででいい」

苦しげに息を継ぎつつ、その手をきつく握り込む。

「今ごろ忠太の奴、下で俺が来るのを待ってる。元々そこで合流することになってたんだ。あいつ、生意気だけどまだ十五かそこらで……姉ちゃんさえ来てくれれば、ちょっとの怪我ならどうにかなるだろ」

大事な仲間なんだ、頼む、と必死に繰り返す。

取り乱し、爪を立てんばかりに手を握ってくる弟を不憫に思ったのか、絹枝は小さくうなずいた。

「……わかったわ」

「恩に着るよ、姉ちゃん!」

――そうと決まれば、好機逃すべからず。

勇は絹枝の腕を引っ張り、階段へと飛び出した。来るときは真っ暗だったが、今は明かりがあるだけ心強い。

電磁警棒を盾代わりに、地上目指して駆け下りる。途中、磐田が蹴散らしていったらしき幹部たちが転がっていたが、そいつらも勢いよくまたぎ越してやる。――あ、踏んづけたのはご愛敬《あいきょう》。

あと少しだ。

もうちょっとで、俺たちは自由になれる。

勇は胸を高鳴らせ、四階から三階、三階から二階と走り抜けた。最後の踊り場で急旋回し、地表を待ち侘《わ》びるようにいっそう速度を上げる。

だがしかし、ついに一階と思ったのも束の間、立ち込める煙の中から声がした。

「――どうした勇。お手々つないで舞踏会にでも行くのか?」

硬い足音を響かせ、薄笑いとともに現れたのは副島だ。この勢いで敷地から出てしまいたかったが、わずかに間に合わなかったらしい。

「姉ちゃん、下がって」

「え、ええ……。でも勇、怪我した人はどこに……」

「怪我人？　ここには誰もおらんが」

副島が怪訝そうに云った瞬間、絹枝はキッとこちらを向いた。

「あなた、私に嘘を……！」

「悪かったよ。だけど姉ちゃん、こうでもしないと降りてきてくれなかっただろ？」

絶句した絹枝を背後に庇い、電磁警棒を正眼に構える。だが低い嗤いが聞こえたとたん、不覚にも膝が震え出した。

「なるほど、美しい姉弟愛だな」

依然としてたっぷりの余裕――男として敵うわけがない。そんな直感に、なけなしの虚勢さえも削り取られていく。

「絹枝。俺のところに戻れ」

「聞くな姉ちゃん！」

「何を迷うことがある。郷里を出てからここまで、お前も弟も手厚く世話してやったじゃないか。今後も俺たち三人、仲良くやっていけばいい」

手厚く？　仲良く？

どこがだ、という罵声はしかし、喉につかえて出てこなかった。

エナメル靴をじゃりっと滑らせ、副島が間合いを詰める。勇も重心を落とし、警棒越しに睨みつけたが、向こうはこちらのことなど眼中にない。狙いは絹枝、それだけなのだろう。

勇は後ずさりながら、姉を逃がす方策を必死に考えた。一歩……。また一歩。自分が後退するたび、副島もまた近づいてくる。

「──このっ！」

ここまでか、と全力で斬りかかったが、切っ先は虚しく空を切った。

躱《かわ》された!?

思う間もなく、副島の太い腕が絹枝に伸びる。

「嫌ッ」

絹枝が懸命に身をよじっても、肩を抱えた男はびくともしない。副島は愉快そうに口元を緩め、絹枝を盾に距離を取った。

「畜生……っ、姉ちゃんを離しやがれ！」

「ふん、キャンキャンと威勢だけは良いな。だがいかんせん、お前は未熟すぎる。昔の俺を思うと、度胸も踏んだ場数も圧倒的に足りない。余興の相手にもならんぞ」

ギリッと間近で聞こえた音は、自分が奥歯を噛み締める音だろうか。

見えない何かが喉元に巻きついているように、苦しい。息ができない。怒りは体内で膨れるばかりで、目の前が赤く染まって見える。

「では勇。無駄話はそろそろ終いにして、その物騒なものを捨ててもらおう」

「……誰が貴様の云うことなんか」

「聞こえなかったか？」

細い腕をねじり上げられ、絹枝が小さな悲鳴を上げた。

「っ、これで文句ないだろ！」

叫びながら警棒を放ると、先端に散っていた火花もふっつりと沈黙する。

「姉ちゃんを離せよ」

「よかろう。だがその前に――」

勇の視線の先で、副島の薄笑いが憤怒の形に歪んだ。

タキシードの懐から何かが抜き出される。こちらへ向いた先端が、黒々とした光を放つ。

「お前をエサに金を取り戻すことも考えたが……やはりこれ以上は生かしておけんな。飼い犬に手を食われた憎さで、今にも気が触れそうだ」

勇はくそッと吐き捨て、副島を睨んだまま後ずさった。が、いくらもしないうちに踵《かかと》に何かが当たった。階段の一段目だ。

武器を失ったうえ、奴がいるのは部屋の中央付近。これだけ距離があっては、反撃など不可能に等しい。階上に逃げたところで背後から撃たれて終わりだろう。

命運尽く、ってやつかな。

緊張が途切れ、指先から力が抜けていく。そのとき、視界の端に絹枝の姿が映った。

「勇、勇……！」

見開かれた瞳から、ぼろぼろと大粒の涙があふれている。姉の泣き顔をはじめて目にして、胸が引き裂かれそうに痛んだ。

おいおい――俺はともかく、姉ちゃんがそんな調子でどうするんだ。ここまで来たのは泣かせるためじゃないんだぞ？

「しっかりしろ！」

たまらず叫ぶと、絹枝の嗚咽《おえつ》がビクッと止まった。

「……なア、あきらめんなよ」

勇は萎えかかった足を叱咤し、訴えるように絹枝を見返した。「だって知ってるよな？俺の自慢の姉貴のこと」

「……勇？」

「俺の姉貴ってえのは、めっぽう芯が強い女《ひと》なんだ。我慢強くてたくましくて――ちょいと弟を盾に取られたからって、悪に屈したりしない。誰がなんて云おうが、俺にはわかるんだよ。当然だろ？優しさ、忍耐、人を思いやること……生きざまってやつは全部、姉貴から教わったんだからな」

息を詰めた絹枝を見つめ、勇は抑えた声で絞り出す。

「だからさ、姉ちゃん。約束してくれ。生きてさえいりゃアいつかかならず、掃除屋が白妙会を潰してくれる。それまでは絶対あきらめないって。俺がいようがいまいが関係ない。しぶとく生き抜いて、白妙会とはオサラバするって」

「勇、やめて……そんなお別れみたいな……」

絹枝は目元を真っ赤に染め、壊れた玩具《がんぐ》のように頭を振っていたのだが、

「気が済んだか？」

撃鉄を起こす音がし、勇は慌てて続けた。

「いいか、約束したぞ。副島の云いなりになったら化けて出てやる。本気だからな」

こぼれんばかりに目を見張った絹枝に、ふわりと微笑んだ。

「姉ちゃんには姉ちゃんの戦い方ってのがある――そうだろう？」

今度は自然に笑えた気がした。

姉の姿を瞼に焼きつけ、勇はぎゅっと目を閉じた。

『Ladies and gentlemen!』

静寂を破ったのは、頭上から降ってきた流暢《りゅうちょう》なアナウンスだった。

この声、ウィルさんか！

勇ははっとし、天井近くの壁のスピーカーを見た。

そうか――。副島が戻ってきたなら、ウィルさんたちも到着していたはず。事務所に立ち込めた煙に気がつき、真っ先にここに踏み込んだ副島と違って、館内放送のある機械室に直行したのだろう。

勇は仰向いたまま、我知らず身じろいだ。するとその拍子に、腕先がズボンの腰に触れた。

――この感触。

「逃げろ姉ちゃん！」

叫ぶと同時に、勇はポケットの石を投げつけた。副島も勇と同様、頭上に気を取られていたのだが、すばやく身を引いて難なく躱した。

が、銃口が下がったその一瞬を突き、勇は副島へと突進――手元を狙って渾身の蹴りを放った。床に弾いた拳銃をさらに煙の中へと蹴り飛ばす。

「姉ちゃん！　早く！」

振り向きざまに怒鳴ると、絹枝も我に返ったように駆け出し、元来た階段を上っていった。

「貴様……ッ」

片手を押さえ、副島が目を血走らせて凄みを利かす。だが絹枝を逃がせた今、もう勇に恐れるものはない。あとは彼女がウィルたちと合流するまで、こいつをここで食い止めておけばいい。

階段の前に立ち塞がり、副島と睨み合う。と、またしてもアナウンスが響いた。

『さて、お楽しみの本番はこれからだよ』

本番？

どういう意味だと訝しんだとたん、にわかに外が騒がしくなった。

副島が拳銃を拾い、血相を変えて事務所を飛び出していく。慌てて追いかけると、勇の目に飛び込んできたのは、ビルの前庭を埋め尽くした会員たちだった。

偽の引き札で集めたとはいえ、五十人、いや、百人は軽く越えているんじゃないか？

「おい、あれ！」

誰かの叫びにつられて、勇も思わず頭上を仰ぐ。そこで一瞬、呼吸が止まりそうになった。

瓦斯《ガス》灯の明かりは頼りないが、間違えようもない。最上階の露台に立っているのは絹枝だった。

ウィルたちと合流したとばかり思っていたのに、あんなところで何を――。

勇がはらはらと見守る中、彼女は純白の法衣をふわりと羽織る。会員らも皆、呆けた表情でそれを眺めている。

やくしの素顔は不明だといっても、最上階でその法衣をまとえる者など、本物以外にはあり得ない。

会員たちもそう思い至ったのだろう。中にはその場にくずおれ、潤んだ目で拝んでいる者さえいた。

「――皆さん。今日は私から、謝らなければならないことがあります」

やがて絹枝は、マイクロホンもなしに決然と切り出した。

「白妙会設立からここまで、二年と幾月か。その間、私は皆さんを騙すようなことをしてきました。私は〝やくし様〟でも、ましてや薬師如来の化身でもありません。生まれは武蔵野、片田舎から帝都に出てきたごく平凡な女です。ただ少し、具合の悪いところに手を当てると、楽になったと有り難がられるだけで……」

濃い影を落とした睫毛が、かすかにわななく。絹枝は何かを思い出したように云いよどむ。

「……本来なら私など、こうして人前に立ったりなどせず、田舎で一生を終えていたのでしょう。ですが――そんな私をまつり上げ、家族を人質にしてまで〝やくし〟を演じさせた者がいます。それが、そこにいる副島という男。私や白妙会を裏で支配していた、ソエジマ商会の社長です」

おびただしい視線が、ざっと副島に向いた。

衆目の中で糾弾された男は、その眼を剝き、獣のような唸りを発している。

「当然ながら、副島の本性を見抜けなかった私にも非はあります。逆らえなかったとはいえ、詐欺まがいの行為に荷担してしまった。そのことへの批判も甘んじて受けるつもりです。……ですが」

絹枝は胸に手をあてがい、深く息を吸った。

「白妙会とは、今をもって訣別《けつべつ》します。〝徳を積める〟という云い分も〝来世のため〟という云い分も、全部まがいもの。……いいえ、私に云わせれば、白妙会自体がまがいものなんです。どうか皆さん、目を覚ましてください」

悲痛な色をはらんだ声が、余韻を引きずり消えていく。

漂っていた白煙が薄れてもなお、耳に迫るような静寂の中、誰もが呼吸を忘れているかのようだった。


「待て！」

勇を忘我の淵から引き戻したのは、焦りを含んだ誰かの声だった。見回すと、副島がビルの入り口に猛然と向かっている。

姉ちゃんを引きずり下ろすつもりか？

そうはさせるか、と勇も急いであとを追う。

するともなく、副島の足がぴたりと止まり、ビルの陰から磐田が歩み出てくるのが見えた。

無表情は無表情なのだが、どことなくいつもよりコワい気がする。彼は副島を一瞥すると、人差し指をくいくいっと曲げて煽ってみせる。

「貴様ら、どれだけ俺を舐めれば……！」

副島のほうから、鈍く歯ぎしりの音がした。それとほぼ同時、その右手が懐に伸びた。

まずい。

「磐田さん！　そいつ拳銃持って――」

勇は叫んだ。……つもりだったのだが、副島が銃を構えるより早く、磐田は切り込むように間合いを詰めた。

銃声が轟く。

しかし磐田は怯みもせず、手刀で銃を叩き落とした。鳩尾を突き上げ、立て続けに拳を数発。がは、と漏れた声にも表情を変えず、さらに膝蹴りを見舞う。

前のめりに崩れたところを狙い、流れるような動きで磐田が回し蹴りを放つと、彼に負けず劣らず大柄な体軀が吹っ飛び、セメントの外壁に激突した。

呼吸も忘れ、見入ることしばし。

もはや副島はぴくりともせず、壁にずるずるともたれて昏倒《こんとう》した。

わずかに遅れ、幹部の残党が駆けつけてきたものの、息も乱れていない磐田に立ち向かおうとする者はひとりとしていなかった。

そうだ、姉ちゃんは……⁉

勇が我に返ったのは、少しずつざわめきが戻ってきたころだった。

前庭の中央へと急いで頭上を仰ぐと、白い法衣姿が夜闇に小さく浮かんで見えた。それを眺めるうち、晩夏の蒸《む》し暑《あつ》さにもかかわらず、雪みたいだ、となぜか思った。

――雪。

故郷の武蔵野台地にしんしんと降り積もる、汚《けが》れひとつない真っ白な雪だ。

露台から地上の騒ぎを見守っていたらしい絹枝と、ふいに視線が絡む。安堵の色を浮かべた彼女に、勇も大きな笑みを返した。

気がつくと、その傍にウィルがマイクロホンを掲げて控えている。

『では最後に、我々からお贈りしよう』

凜《りん》とした声が響き渡った直後、隣の露台に人影が見えた。

忠太か？

目をすがめたのも束の間、降ってきたのは雪――

――いや、大量の紙幣だった。

明かりの乏しい地上に悲鳴が飛び交う。ぽかんと見上げている者、我に返ってかき集める者。反応はさまざまだったが、地上にいた全員が我が目を疑ったに違いない。

ひらり……またひらり。

紙幣はとめどなく降りしきる。

そんな地上の様子を、ウィルは絹枝と並んで興味深げに見下ろしていたのだが、

『これは先ほど、副島氏の隠し金庫から失敬したものでね』

マイクロホンを口元に寄せると、静かに言葉を継いだ。

『つまりはきみたち、白妙会の会員諸君から巻き上げた金だ。総額はいくらに上るのやら、想像するのも恐ろしいが、〝勧誘に励めば励むほど報われる〟――金銭的な話はもちろん、今生でも来世でも救われるのだと説かれ続けてきた人も多いだろう』

穏やかだった声に、だが、と翳りが差す。

『極めて遺憾なことに、実際はご覧のとおりだ。報奨金として還元される額など微々たるもので、大部分はこうやって副島や幹部らの懐を潤《うるお》していた』

苦いものを感じながら、勇は瞼を伏せる。会員たちもいつしか金漁《あさ》りをやめ、スピーカーから流れてくる声に聞き入っていた。

紙幣が撒かれ、かき集められるまではあっという間だったが、それでも拾われ損なったものが至るところに落ちている。

こんなにも、か。

想像もしなかった……と云えば嘘になるけど、実際に見てしまうと衝撃が大きい。奴らがあの手この手で巻き上げた金。こんなにも溜め込んでいたなんて。

『――どうだい』

云い含めるような声音が、夜の静寂《しじま》に響く。

『こうした裏を知ってもまだ、〝やくし様〟を信じたいという人は？　僕は止める立場にはないし、信じることで心が安らぐのならそれも良い。……だが、信仰は強さであると同時に、ひどく脆《もろ》いものでもある。焚《た》き火《び》に投げ入れると消えてしまう金剛石《ダイヤモンド》のごとく、強さと脆さは正反対のようだが、両立するんだ。そして、そこにつけ込む輩もまた尽きない。……残念なことだがね』

声を落としたウィルから目を離し、勇はなんとなしに夜空を仰いだ。それから、どこへともなく思いを馳《は》せた。

これだけ搾取されたあげく、彼らの手元に残ったものはなんなのだろう。

前庭のどこかから啜り泣きが聞こえ、やるせなさに駆られる。誰もそれを慰めようとしないのは、皆、似たり寄ったりの悔恨に沈んでいるからかもしれない。私財をなげうったのみならず、強引な勧誘で人間関係を損なった者も多いだろう。

もし俺もすでに成人していて、入会資格があったら――。

そう考えると他人事だとはとても思えず、背筋を震わせたそのとき、こつんと肩先に触れるものがあった。

「何よ、その真っ青な顔」

首を巡らすと、アヤが怪訝そうにこちらを見ている。髪は地毛に戻り、タキシードはところどころ汚れているけど、無事に戻ってこられたらしい。

「いえ……」

ためらったものの、訥々《とつとつ》と胸中を明かす。少しは慰めてくれるかと思いきや、アヤは聞き終えたあと、「あんたが入会？」と噴《ふ》き出《だ》した。

「ないわ。あんたに限って、それはないない」

「なんでですか」

「あんた、土台が頑丈すぎるんだもの」

「土台？」

首をかしげた勇の胸に、そう、と彼女は人差し指を突き立てる。

「心の奥の奥――土台になる部分ってこと。それがグラついたりヒビが入ったりしちゃうと、人間おかしなほうへ走るものだけど……。ちょっとやそっとじゃ凹《へこ》まないくらい、それを頑丈にしてくれたのは誰かしらね？」

「あ……」

勇は吐息を震わせ、のろのろと顔を上げた。

――姉ちゃん。

心の中で呼びかけるやいなや、記憶が堰《せき》を切ったように押し寄せてくる。

見失うまでの十五年間、俺を見守り、育ててくれた彼女。親代わりとして、たったひとりの家族として、いつだって俺に寄り添ってくれていた。

叔母の遺《のこ》した蓄《たくわ》えが多少あったとはいえ、田舎の村での話だ。幼い弟を抱え、食堂の稼ぎだけで生計を立てていくのは並大抵の苦労ではなかっただろう。そこに彼女の辛抱、俺への愛情がどれだけあったことか。

学校でどやされ、半べそで帰ってきても、かならず笑って抱き止めてくれる。そうとわかっていたから、俺はめげずに学校に通えた。苛《いじ》めてくる奴らにも「何くそ」と立ち向かっていけた。

あらためて胸が詰まると同時に、癒やしの力なんてどうでもよくなる。

俺に頑丈な心の土台があるならきっと、それは彼女から注がれ続けた、途方もない愛情でできているのだ。

難しいことはわからないけど――そういうことなのだろう。

「……んっ」

今さら涙がにじんで、勇は鼻の下をこすって誤魔化した。

カッコ悪、とは思ったけど、こみ上げてくるのだからどうしようもなかった。視線を感じてふたたび仰向くと、露台から絹枝が心配そうに見下ろしている。何でもない、と勇は片手を上げて苦笑してみせる。

『それでは、Let's call it a night.——お開きとしようか』

ウィルは地上を見渡し、締めくくるように云ったあと、思わずといった調子で漏らした。

『……願わくは、また相まみえることのないよう』

ふつりと途切れたノイズを聞きつつ、勇はそのときはじめて、ウィルの本音に触れた気がした。

8章

翌日は、秋の訪れを予感させるすがすがしい陽気だった。

庭に植わったヤツデの梢《こずえ》が、朝陽を透かしてちらちらと瞬いている。それを眩しく眺めながら、勇《いさむ》は欠伸交じりに伸びをする。

昨夜の騒動のあと、勇と姉は万が一のことを考え、ウィルが事前に用意してくれていたこの隠れ家に身を潜めることにした。逆上した幹部らに襲撃されるのではないかと、その後も夜通し気を張っていたのだが、幸い何ごともなく朝を迎えられた。

身体はくたくただし、寝不足は酷いけどな。

もう一度欠伸を嚙み殺したのち、ふっと忍び笑いをしたのは、あまりに現実味がなかったからだ。

昨夜はひと晩のあいだに、あまりにもいろいろありすぎた。

「勇」

やんわりと呼ぶ声に気がつき、勇は朝餉《あさげ》の済んだ部屋へと引き返した。襖《ふすま》を開けると、たすき掛けをした絹枝《きぬえ》がてきぱきと皿を下げている。

その光景はやはり夢のようで、返事もしないでぼうっとしていると、

「今日はどうするの？」

こちらに背を向けたまま、姉のぎこちない声がした。

久々だから仕方ないけど、照れくさいのはお互いさまなのかもしれない。勇は苦笑し、ぽりぽりと頬を掻く。

「そうだな……。ひとまずのとこ、買い出しは必須《ひっす》かな。期間はわからないけど、ほとぼりが冷めるまではここにいさせてもらうことになりそうだし」

「でも、あなた下宿があるって」

「あー、無理無理。あんな狭い部屋、ふたりも入ったら窒息しちまう。とりあえずは醤《しょう》油《ゆ》だの味噌《みそ》だの、見繕って買ってくるから」

「助かるわ。私が行けたらいいんだけど……」

絹枝が済まなそうにするので、勇は明るく笑い飛ばしてやった。

「気にすんなよ。あんだけ閉じ込められてりゃ、足腰も弱って当然」

やっと姉孝行できると思えば、買い物くらいお安い御用である。

「あアそれから、ついでに掃除屋の事務所にも顔出してくる。昨夜はバッタバタで、ろくに礼も云えなかったもんな」

声を弾ませ、シャツに袖を通しながら云ってみたのだが、なぜか今度は返事がなかった。

「姉ちゃん？」

「あ、ううん。……そうね。皆さんによろしく云っておいてくれる？　私もあらためて御《お》礼《れい》にうかがうから」

釈然としないものを感じたものの、気のせいか、とズボン吊りを留める。そこでふと思い出し、そっと財布を覗いた。

中で鈍色に光っているのは、事務所の合《あ》い鍵《かぎ》――。

自分を信用し、仲間として迎えてくれた証である。

「……こいつも忘れずに返さなきゃな」

つぶやいたとたん、胸に刺すような痛みが走った。が、そんなもの、無理やり呑み込むしかない。

立つ鳥跡を濁さず――いさぎよく去るのがせめてものケジメじゃないか。

重たい息とともに合い鍵を戻す。振り払うように瞼を閉じるが、少し気を抜くとすぐ、あの日の情景がしつこく浮かび上がってくる。

上映前、活気に満ちた大友館《おおともかん》のロビー。手巾《ハンケチ》を差し出した栗色の髪の紳士。桂《かつら》さんを騙すなんて、とあのときは怒り心頭だった。友好的な邂逅《かいこう》だったなんてとても云えない。

だからやむを得ない部分はあるけれど……しかしそれでも、悪足掻きのように考えてしまう。

どうして俺は、ただの依頼人として皆と出会えなかったのだろう。

きっかけさえ違えば、彼らを裏切りもせず、後ろめたさも抱えず、純粋な感謝だけを胸に別れることだってできたんじゃないのか。それなのに。

……そう。

あの日、浅草になど行かなかったら。

仕事が早く終わらず、行くのをあきらめていたら。

桂さんを、大友館で見かけたりなんてしなければ……。

思考はどんどん湿り気を帯びる。積み重なった偶然のうち、何かひとつでも違っていたら、と自棄《やけ》になって考える。

しかしそんな女々しさに嫌気が差し、ゆるく首を振った直後、脳裏で何かがチカッと光った。

偶然——なのか？

どくん、と心臓が跳ねる。

——あなた、作戦はいつもみっちみちに立てるくせに。

――ウィルって任務に関しちゃ理由のないことはしないしね。

――偶然と思えることほど、疑ってかかったほうがいい。

耳の後ろに、うるさいほどの拍動を感じる。とっ散らかっていた思考が、導かれるように収斂《しゅうれん》する。

勇はぶるりと背中を震わせた。

緩慢な動きで身支度を終えてもなお、畳に立ち尽くす足には力が入らないままだった。


「あら、勇。昨夜《ゆうべ》はよく眠れた？」

いつになく緊張気味に事務所の扉をくぐると、出迎えてくれたのは水玉模様のワンピースに身を包んだアヤだった。今日は潜入任務はないのか、どう見ても彼女好みの派手ないでたちだ。

目を移せば、衝立の前には忠太《ちゅうた》と磐田《いわた》。執務机で何か書き物をしていたウィルも勇に気づくや、「やア」と相好を崩す。

全員揃っているのはめずらしい。

そうも思ったものの、彼らは彼らで、いろいろと昨夜の後始末をしてくれていたのかもしれない。長かった一件にケリがついたせいもあるのか、皆、普段以上にくつろいでいるようだった。

「――皆さん」

勇は入り口を背にして姿勢を正すと、深々と頭を下げた。

「姉のこと、本当にありがとうございました。何から何までお世話になってしまって、なんて云ったらいいか……。失踪から二年も経ってしまっていたし、あのままひとりだったら俺、遠からずあきらめてたと思います」

それだけならまだしも、姉を見捨てた自分はきっと、己を許せず死ぬまで鬱屈を抱え続けたに違いない。

俺の人生、掃除屋にまるっと救われたも同然だな。

内心感じ入りつつ、白妙会《しろたえかい》はどうなったのかと尋ねると、ウィルの視線がちらと磐田に向いた。磐田はうなずき、淡々と話し出す。

「昨夜はあのあと、きみらが隠れ家に向かったのと入れ違いで警察が到着した。俺たちが通報するまでもなく、銃声を聞いた通行人が派出所に駆け込んだらしい」

「副島《そえじま》は？　あいつも逃げたんですか」

「まさか。奴も重要参考人として連行された。物的証拠も証言も腐るほどあるんだ、黙秘を決め込んでも無駄だろう。ソエジマ商会も徹底的に捜査されるだろうな」

そうですか、と勇は複雑な思いで嘆息する。

「あ、でも」

「なんだ」

「いえ、その……」

いよいよ警察沙汰になったというなら、勇や絹枝、潜入していた磐田にまでも捜査の手が及ぶのではないか。もしも自分たち姉弟のせいで掃除屋が活動できなくなったら、と血の気が引いたのだが、ウィルは見透かしたようにふふっと笑った。

「心配ご無用。そちらは按配《あんばい》良くやっておこう。それに、きみと姉君の協力なくして白妙会を潰すのは困難だった。こちらからも礼を云わせてほしい」

そんな、と口元をほころばせたところで、勇ははっとした。

「……ウィルさん」

「ん？」

「俺に何か云うことありますよね」

「はて。礼なら云ったつもりだけれど……」

きょとんと首をかしげた彼を、勇は鋭く睨んだ。

「しらばっくれないでください。このまま騙し通すつもりだったのかもしれませんけど、そうはいきませんから」

宣戦布告のように云い切り、大きく息を吸う。

「あの日、大友館で俺と居合わせたのも、すべて偶然を装ったあなたの計画だった。そうですよね？」

「…………」

「アヤさんが財布をスったのも、俺にあなたを追いかけさせたのも、全部あなたの筋書きどおりだった。トランクのすり替えくらい、あなたたちなら誰にも悟られず完璧にこなしたでしょうに……。そこまでして、俺をこの事務所までおびき出さなければいけない理由があった。違いますか」

ウィルは微動だにせずこちらを見据えている。

「答えてください！　どうしてあの日、そんなことをしたのか――」

彼はひとつうなずき、少し考えるそぶりをしてから、陶器のような頬を満足げに緩めた。

「合格だ」

「え？」

呆けた勇を残して執務机に戻ると、普段は鍵がかかっている抽斗《ひきだし》から何か持ってくる。

それは一通の白い封筒だった。

『東京中央郵便局　私書箱九九九号』

表書きが目に入ったとたん、喉の奥がひゅっと鳴る。

「この筆跡……！」

「そう。正真正銘、きみの姉上から届いたものだ。きみに見せる許可はもらってある」

許可？　って、姉ちゃんから？

混乱しながら消印に目を移すと、なおさら信じられないことに、その日付は今年のはじめ——勇がこの事務所を突き止め、姉捜しを依頼するよりふた月近くも前だった。

頭が真っ白になり、わけがわからないまま震える指で開封する。

……あア、見間違えるはずもない。やっぱりこの筆遣いは姉ちゃんの……。

『はじめてお便りを差し上げます』

そんな書き出しで始まったそれは、絹枝から掃除屋へと宛てられた依頼状だった。

＊　＊　＊

家の中から柱時計が鳴るのが聞こえ、絹枝は九つ数え終わったところで掃いていた箒を止めた。

勇がここを出ていってから、そろそろ一時間。

ふう、と息を吐き、庭の片隅に集めた落ち葉を見やる。隠れ家はこまめに手入れされているようだったが、一昨日あたりの強風で溜まってしまったのだろう。眺めているうちにうずうずと掃除したくなり、こうして箒を手に出てきてしまったものの、掃除なんて口実だったのかもしれない。

気を紛らわせられればなんでも良かったのだ、と薄々気づく。

勇は今ごろ、事務所で何をしているだろう。驚いているだろうか——私が出した依頼状を読んで。

絹枝は無意識に箒の柄を握ると、不安を追い払うように強くかぶりを振った。

——いいえ、きっと大丈夫。若槻《わかつき》さんは信用に足る人だ。あの人に任せておけば悪いようにはならないはず。

それでも波立つ心が凪いでいく気配はなく、絹枝は祈るように上野方面の空を仰ぎ見た。

どうか何ごともなく済みますように。

私がしたことを、勇に許してもらえますように。

＊

――帝都の掃除人、ってご存知ですか？

絹枝がはじめてその名を聞いたのは、今年の一月の半ば、本部ビルで身のまわりの世話をしてくれていた少女と雑談していたときだった。

彼女は十五にも満たないというのに、よく気がつく子で、絹枝の部屋に毎日通いながら帝都の四方山話《よもやまばなし》をあれやこれやと聞かせてくれた。

そんなある日、ふと話題に上ったのが、その〝掃除人〟の噂なのだった。

――〝夜闇に紛れ、庶民の悩みを一掃してくれる組織〟……？

――そうです。

目を丸くした絹枝に少女はうなずき、眉に唾をつけつつ云い足した。

――どうにもならない困りごとがあって、八方塞がりなときってあるじゃないですか。そしたら、その掃除人宛てに手紙を書いて、サアーッと解決してもらう。それが最近の流行りなんだそうですよ。

笑いをこらえるその表情といい、彼女も真に受けたわけではなく、沈みがちな絹枝の気を紛らわそうとしてくれただけなのだろう。

けれども……そうと知りながらも、その噂は絹枝の脳裏にくっきり焼きついてしまった。

もし本当に、その〝掃除人〟に願いを聞いてもらえたら？

このまま軟禁されていたって、事態は少しも変わらない。それに何より、勇のことが心配でたまらなかった。

今は副島のもとで働いているようだが、副島にとっての彼は所詮、私に云うことを聞かせるためのただの人質。勇の命も私の命も、はかない蠟燭《ろうそく》の火と同じだ。副島の機嫌ひとつでかんたんにかき消されてしまう。

私はどうなってもいいけど、それでも勇のことだけは——。

そんな逡巡を一週間は続けたろうか。

絹枝は意を決し、藁《わら》にも縋る思いで依頼状をしたためた。唯一打ち明けたのは、掃除屋のことを教えてくれたあの少女だ。

彼女を巻き込んでしまうことへの恐怖はあったが、彼女は驚きながらも「任せてください」と涙目でうなずいてくれた。

——このお手紙は、絶対の絶対にポストに入れてきます。絹枝さんは、こんなところに閉じ込められていていい御方じゃありません。

監視の目がないかと怯えながら投函するのは、さぞや心細かっただろう。だが、彼女は大役を果たしおおせた。

その結果がわかったのは五日後、帝都が夜の眠りから覚めようとするころだった。かすかな物音に気づいて飛び起きると、

――お休みのところ、不躾《ぶしつけ》に申《もう》し訳《わけ》ありません。私《わたくし》こういう者です。

どこからともなく室内に現れた栗色の髪の男は、怯える絹枝に名刺を差し出した。

『大日本《だいにっぽん》クリーンサービス』――

絹枝はまさかと瞠目しつつも、慌てて上着を羽織り、寝台の上で膝を正した。

――いえ、どうぞお楽に。今日は顔合わせと、詳しいご事情をうかがいに参りました。こんな未明に、しかも御婦人のお部屋にどうかと思ったんですが、昼間は警備が厚くてなかなか難儀でしてね。

若槻と名乗った男はそう云い、ふわりと笑んでみせる。

きちんと背広を着込んではいるけれども、物腰はやわらかい。卓上洋燈《ランプ》に淡く照らされ、髪の毛の際が黄金色に光っている。

彼のゆったりとした様子に背中を押され、絹枝はたどたどしい口調ながらも話し始めた。弟を守ってもらいたいこと。彼を副島の手から守れるなら、自分はどうなろうと構わないこと。

副島に脅され、強引にまつり上げられてしまったが、〝やくし〟の威光の強さにぞっと

くたのは一度や二度ではない。ほんのいっときしか癒やしてやれないというのに、会員たちは妄信的にのめり込んでいく。ありったけの金を注ぎ込み、そして破滅していく。それこそ副島の目的なのだと悟ったころには、絹枝は完全に〝やくし〟という器に閉じ込められてしまっていた。胸の中には今、浅はかだった自分への後悔だけがある。

――やはり私は、癒やしの力なんて要りません。勇とふたり、ひっそり暮らしていければそれで充分なんです。私の力のせいで勇に何かあったらと思うと、もう……。

最後は涙交じりになってしまったが、若槻は聞き終えると、絹枝をなだめるようにうなずいた。

――我々が動けば、弟君だけと云わず、あなたとふたりまとめて解放するのも可能でしょう。

――本当ですか！

――ええ。ですが副島を野放しにしたままでは、追っつけ同じことになる。あなたはふたたび攫《さら》われ、弟君は人質の身に舞い戻る――それをお望みですか？

とんでもない、と絹枝は首を振った。いかにも温厚そうに微笑んでおいて、この人は何を云うのだろう。

――そうでしょうとも。ですから我々としては、この機に副島と白妙会を叩きたい。

――叩く?

――そうです。やくし本人からご依頼いただくとは、我々にとっても望外の僥倖《ぎょうこう》。あなたの協力があれば、白妙会を壊滅に追い込み、会員たちの目を覚まさせるのも不可能ではありません。

ふと気づくと、花のような微笑は消え、真摯《しんし》な瞳が痛いほどにこちらを見ていた。甘く端正な顔立ちのせいか、彼の表情が移ろうたび、どうしようもなく心をからめ取られる。目眩《めまい》のような感覚に溺《おぼ》れそうになりながらも、絹枝は申し出を引き受けた。囚われの身のままでも、内部事情を伝えることくらいはできるだろう。縛りつけられた沼の底から姉弟揃って這《は》い出《だ》せるなら、いくらでも協力させてほしい。絹枝はそう心から願った。

たとえそれが、副島に刃向かうことになろうとも。

――あア、これは失礼。

若槻がすっと視線を外したのは、今後の段取りを確かめ、絹枝の肩の荷もいくらか下りたころだった。

先ほどから何か気になさっていたので……と恐縮され、絹枝はきょとんとしたのち、ぶわっと頬を染めた。見られていたのは、おそらく自分の襟元。無意識のうちに羽織の上から触ってしまっていたらしい。

彼のような紳士に見せるのはどうかと迷ったものの、

——御守りなんです。

絹枝は恥を忍んで打ち明け、襟元から抜き出した。

——ほう……？　ずいぶんと大事になさっているようですね。

端切れで作った袋がめずらしいのか、若槻は顔を近づけ、しげしげと眺める。中身はただの石だが、あまりに襤褸なので顔から火が出そうである。

——これはいつも、そうして肌身離さずに？

——いえ、いつもというわけでは……。普段は副島に見つからないようにしまってあります。大切なものだと知れたら取り上げられかねませんから。

しかしそうと知りつつ、昨夜、首から提げたまま寝入ってしまったのは、日中にまた勇の姿を見かけたせいに違いない。

前に偶然、露台《バルコニー》からはじめて目にしたときには恐慌をきたしてしまったが、以降も、勇を見かけた日には心が落ち着かなくなる。彼の無事を知ってほっとする反面、押し込めていた恋しさが募って眠れなくなってしまう。

——それで、その守り袋を？

穏やかに訊かれて、絹枝はうなずいた。

——子守歌代わりというのか……これに触れているときだけは安心できるんです。気休めですけど、あの子がすぐ傍にいてくれている気がして……。

子どもみたいでしょう？　そう云って笑うと、彼はいいえ、と首を振った。

――皆、何かしらを心の支えに生きているものですよ。

――……若槻さんも？

答えは返ってこなかったが、そのどこか切なげな微笑は、今も絹枝の瞼に焼きついていた。

＊

表から呼び声が聞こえて、絹枝は我に返った。はーいと応えようとして束の間躊躇する。

昨夜から間借りしているだけのこの家に、はたして訪問者などいるものだろうか。それともお宅を間違えただけ？

そっと箒を構えて、玄関脇の植え込みに身を隠す。

枝葉の隙間から覗くと、表の木戸をくぐってきたのはシャツに山高帽を被った男だった。ひょろりと背が高くて、庇の下の目は糸のように細い。

絹枝は狐っぽい人ねぇ、と感心しながら様子をうかがっていたのだが、

「……そんなに警戒なさらなくて結構」

ずい、と植え込み越しに顔を近づけられ、思わず悲鳴を上げてしまった。

「あ、あ、相済みません」

「いえ。お届け物に上がりました。上野の若槻から、小野寺絹枝殿宛てです」

「若槻さんから？　私に？」

勇ならまだわかるけれど、どうして私になんか。

怪訝に思う間もなく、男は鞄から小ぶりの包みを取り出し、うやうやしく差し出して寄こした。

絹枝は箒を戸口に立てかけ、そろりと包みを受け取る。両手のひらに収まるほどのそれは、見た目よりもずいぶん軽い。

「よろしければ、今から開けてみてはいただけませんか。万が一にも不備がありましたら、若槻に急ぎ伝えますので」

「はア……」

絹枝は男を玄関に招き入れると、上《あ》がり框《がまち》に座って包みを解いた。厳重に梱包《こんぽう》されているらしく、中身はなかなか現れない。

が、いざそれを認めた瞬間、思わず口元を覆った。

「これ……！」

——端の擦り切れそうな、臙脂色の守り袋。

心臓を鷲《わし》づかみにされたようで、言葉が続かなくなった。先日副島に見つかり、没収されてから、己の不注意をどれだけ責めただろう。

捨てられたに決まっている。二度と戻ってはこない。いくら悔やんだところであきらめるしかないのだと、泣く泣く自分に云い聞かせてきた。

指先を震わせ、袋を開ける。——ある。中に納めた石もちゃんとある。

「若槻さんは、どこでこれを……。いえ、どうして……」

「副島の執務室だそうです」

男は落ち着き払って告げた。「昨夜、あなた方があのビルから脱出したあと、警察が建物ごと封鎖しましてね。今日あたり、本格的な捜査が始まるとは思うんですが、昨晩のうちに混乱に乗じて探し出したと云っていました。あなたが首に掛けている様子がなかったから、と。……中身も無事でしたか?」

ええ、と絹枝は涙ながらにうなずく。処分するのも面倒だったのか、副島はそのまま放置していたようだ。取り上げたことさえ忘れていたのかもしれないが。

「それは何よりです」

男は狐目をさらに細めると、では、と腰を上げた。

「あ、あの! どうかお茶だけでも」

「いえ、お構いなく。用は済みましたので」

食い下がる絹枝をとどめ、男はさっさと表へ出てしまった。名乗りもしなかったが、彼も若槻のために働く者なのだろう。

山高帽を上げて去る背中に、絹枝は何度も頭を下げた。

やがて男が角を曲がり、姿が見えなくなっても、伏せた顔を上げられない。

守り袋を固く握り、胸に抱き込むその足元には、小花にも似た雫《しずく》の跡がいくつも散っていた。

＊　＊　＊

末尾に添えられた絹枝の署名を見下ろし、勇はソファーの上で苦く息を吐いた。

十枚ほどの手紙を読むのにかかった時間はせいぜい数分だろう。が、帝都に連れてこられた経緯をはじめ、揺れ動く姉の心情をたどっていくうち、思った以上に気力を消耗していた。

「……姉ちゃん、ずっと苦しんでたんですね」

かろうじてそれだけをつぶやき、開いたままだった最後の一枚に目を落とす。

『――こうして書き連ねて参りましたが、結局のところ、すべて私の所為《せい》なのです。私が副島の前で力を使わなければ……否《いえ》、そもそもこんな力さえなければ、弟も、誰も傷つくことはなかったのですから。己の罪深さを恨まずにはおれません』

姉ちゃん――。

便箋を握り潰しそうになり、勇は慌てて手のひらを緩めた。

記憶の中の姉は笑顔ばかりだというのに、その裏で、彼女はどれだけの思いを押し殺してきたのだろう。

笑顔が絶えなかったのは、ただ、彼女がそうあろうと己に課していただけ。

弟を心配させまいというその努力は心から尊敬するけれど、ほんの欠片《かけら》でもいい、俺に辛さを打ち明けてくれていたら――俺がそれに足る男だったら、副島につけ込まれることもなかったんじゃないか。

そんなやり場のない憤りが、ますます心を重くする。

「勇くん」

「あ、はは……大丈夫です。驚きはしましたけど、俺も姉ちゃんも無傷で戻ってこられたんですから。結果は万々歳ですよね」

口角を上げようと試みたが、無理があったらしい。

「さっきのきみの質問だが――」

ウィルは卓子《テーブル》の向こうで、複雑な微笑を浮かべて云った。「どうして大友館できみを巻き込んだのか、と訊いたね」

「はい」

勇はふたたび身を硬くし、ゆっくりと瞬かれる長い睫毛をじっと見た。

「消印からもわかるとおり、姉君からその依頼状が届いたのは今年の一月下旬。我々には昨秋の時点で『白妙会を潰せ』と指令が下っていたし、すでに磐田も送り込んであったんだが、姉君からの依頼を受けて少々事情が変わってね」

「依頼ってあの、『弟を守ってほしい』っていう……？」

「そう。つまり我々にとっては、副島の脅威からきみを守ること。それが最優先事項になった。そしてそれと引き替えに、やくしとも内々に通じる。なんといっても、やくし本人からの情報だからね。副島への理解も深まっておおいに助かったよ。……まア、そんなことは知らないきみが、まさか彼女の部屋に突撃するとは思わなかったけれども」

愉快そうに云われて、勇は気まずく頬を赤らめる。

「ともかく、そういうわけで、我々は何をおいてもきみを守ることになった。だが、肝心のきみが副島のもとに引っ込んでいてはそれも難しい。派手な動きは避けたい段階だったし、威《たける》を商社事務所に入り浸らせるのも無理がある。そこで一計を案じ、傍で見守ることにした」

「見守る？」

　あア、とウィルは含んだように笑う。

「僕らの目の届くところにいてくれれば一番安全だろう。……まだわからないかい？　威に仕掛けてもらったんだよ」

「活動の入場券でな」

　磐田も真顔でつけ加える。

　活動？

　しばらくぽかんとしたのち、脳裏に浮かんできたのは例の大友館のロビーだった。

「——ああッ！　もしかして桂さんの……⁉」

　思わず叫ぶと、アヤと忠太までニヤニヤこちらを眺めている。

　そう——云われてみればあの日、桂は入場券を持っていた。別れ際、「きみも一緒にどうだい」と誘ってくれたときに視界を掠めたが、その一等席券には日付が入っていた。つまり日時指定の前売り券だ。

「そうか。桂さんは無類の活動好きだし、あれはなかなかの話題作だった。誰かに前売り券を贈られれば、まず間違いなく見に行くはず……」

「お前があの演目を気にして、連日仕事上がりに通っているのもわかっていたからな。適当な理由をつけて桂に送りつけておいた」

「で、あとは決行当日、あたしとウィルの出番ね。この子が弟くんなのねーって観察しながら引っかけるの、面白かったわ」

うふふとアヤにつつかれ、勇は凍りつく。

「てことは、もしかして、ウィルさんが落としたあの燐寸《マッチ》も、俺を事務所までおびき寄せるために……？」

呆然《ぼうぜん》と漏らしたとたん、はあぁと溜め息が聞こえた。今度は忠太だ。

「あーあ、児玉《こだま》たちカワイソ！ この調子じゃ、陰ながら見守られてたのにもさっぱり気づいてないよなア。こんな薄鈍《うすのろ》のために夜な夜な下宿に張り込むとか、ホント拷問だよ」

「ううっ」

それが本当なら、児玉やその配下には何度頭を下げても足りないが……勇は反省しつつも腑に落ちる感覚があった。

どうりでその後も、妙にあっさり仲間に加えてもらえたはずだ。手のひらで踊らされ、知らないうちに守られていたのだと思うと、それはそれで敗北感がすごいけど。

「でもなア、せめてひとことそう云ってくれれば……」

勇は苦笑し、悔し紛れにこぼした。するとなぜだか、ウィルは困ったふうに微笑んだ。

「信じたかい？」

「え」

「最初からすべて話したとして、きみは信じてくれただろうか」

副島をあれほど信奉していたのに？　そう言外に云われて、おのずと視線が下がる。

彼はおそらく、待ってくれていたのだ。来たるべきときに備えつつ、何も知らせず、好きに泳がせ――俺が副島の呪縛《じゅばく》にみずから気づいて、本当の意味で仲間になる日まで。

「それに、僕だけじゃない。きみの姉君からも厳重に口止めされていたのでね」

「姉ちゃんから？」

「『あの子のことだから、真実を知ったら捨て身で副島に刃向かうに決まっています』と」

「はは、さすが……。俺のことは全部お見通しだな」

勇は昨夜よりもタチの悪い疲労を覚え、がっくりとうなだれる。

するとそのとき、ソファーの陰から潜めた声がした。

「しっかしなー」

「まさか、ここまで節穴とはねぇ」

「ほんとだよ。なんであれで気づかないわけ？　おかげで大損じゃんかよ」

「あ、あんたら、俺がいつ気づくか賭《か》けて……!?」

人の一大事でなんつうことを！

思わず立ち上がったが、忠太とアヤだけならいざ知らず、その隣の男までふいと顔を逸らした気がした。

……え、磐田さん？　冗談だよな？

結局、勇の怒りが納まったのは、ウィルがまアまアとなだめすかして十五分もしたころだった。ウィルは保護者顔で三人にも反省をうながすと、卓子にパチンと何かを置いた。

「え？　あっ、それ……!?」

彼が指で正面に滑らせたそれを見、勇は慌てて財布を覗く。

——ない。

いや、財布はあるけど、中に入れたものがない。ここの事務所の合い鍵だけが忽然《こつぜん》と消えている。

「……アヤさん……」

「あたしじゃないわよ。失礼ね」

「じゃあウィルさんが？　まアいいですけど」

どのみち返すつもりだったし、とつぶやくと、なぜか忠太の顔色が変わった。

「返す!?　なんだよそれ！」

「な、なんだも何も。借りてたものは返すのが筋だろ」

戸惑いながら云い返したが、忠太は聞く耳も持たずにつかみかかってくる。

磐田にべりっと引き剝がされてもなお、彼は茹でダコのような顔で悪態の限りを尽くしていたのだが、態度はアレでも、彼なりに勇を引き留めようとしているのだろう。

そのくらいはわかるだけに、勇も胸が痛んだ。せっかく考えないようにしているのに、痛みがぶり返してしまうじゃないか。

「勇くん」

そのとき、黙って見ていたウィルが穏やかに口を利いた。

「ものは相談なんだが……どうだろう。きみもここにいてわかったと思うが、我々は常時人手不足でね」

「はア」

「とはいえ、求人を出すわけにもいかず、身元が不確かな者も避けておきたい」

「そりゃそうでしょうけど……」

いったいなんの話だ？

しばし首をかしげて、勇ははっとする。

「それって」

「無理強いはしない」

ウィルは目元を和らげ、静かに云った。「この稼業が危険と隣り合わせだというのは、きみも十二分に理解したと思う。姉君も帰ってきたことだし、順当に考えれば、ふたりで元の生活に戻ることになるのだろうね」

元の生活——。

落ち着いた声音に誘われ、懐かしい武蔵野の情景が瞼に浮かんだ。

夏は青々とした水田に風が吹き抜け、冬は白銀の雪と静けさに満ちる。——俺と姉ちゃんが生まれ育った土地。そこでつつましく暮らすのもいいよな、と当然考える。

けれど、頬が緩んだと同時にこみ上げてきたのは、ずっと押し殺していた寂しさで、勇はどうしようもなく目の奥が熱くなった。

「俺……」

顔を上げると、ウィルのまっすぐな視線とぶつかる。

彼は何も云わない。本気で引き留めようとするなら、演技も駆け引きも容赦なく使うだろうが、その気配もなかった。すべて勇に委《ゆだ》ねてくれるつもりらしい。

勇はひと呼吸置き、心を落ち着けた。

そうして覚悟を決め、

「こんな不束者《ふつつかもの》でもよければ、ぜひ——」

とはにかんだそのとたん、弾けたように歓声が上がった。間髪入れず、背中にどすっと衝撃。

「ちょ、アヤさ、苦しっ……忠太もどけったら……！」

首にぎゅうぎゅう巻きつく腕を外そうともがくが、ふたりは盛り上がる一方だ。

「新入りくんが来たってことはー」

「ことはー？」

「つまり、雑用からの解放！」

「フゥーーッ！」

「あアもう、どれだけこの日を待ったか！　いちおう依頼人だからって、もう遠慮しなくていいのね」

あの荒い人使いのどこに遠慮があったんだ⁉

「ま、僕みたいな天才発明家から目を離せるわけないし？　残りたいならはじめっから素直に云えばいいのにさアー」

ウィルさん、他人事みたいに笑ってないで……。磐田さんでもいいから、この人たちどうにかして……。

呼吸もままならず、しだいに意識が遠のいていき、勇はついにソファーから転がり落ちた。

ウィルが苦笑交じりに引き起こしてくれ、そこではじめて気がつく。あたたかな眼差しが四方から注がれていることに。

「さて」

ウィルは姿勢を正して、合い鍵を眼前に掲げた。

そうして綺麗に微笑み、順繰りに皆と視線を合わせると、それを託すように勇に握らせた。

勇の手のひらの上で、鍵がきらりと光を弾く。

「──ようこそ、大日本クリーンサービスへ！」

終章

磨《す》り硝子《ガラス》の隙間から爽やかな夕方の秋風が吹き込む、カフェー浪漫亭《ろまんてい》。

書類封筒を小脇に挟んだウィルは、いつにない早足で事務所を出ると、まっすぐに店内を横切った。勢いのまま、最奥の卓子《テーブル》に落ち着く。店内も出入り口も視界に納まるそこは、空いている限り彼の定位置だ。

ふぅと息を吐き、ようやく人心地がついた気がしていると、あら、と声がした。

「所長さん、また追い出されちゃったの？」

鈴を転がすように笑った女学生は、常連客の千栄子《ちえこ》だ。今日も今日とて、窓際の席で本を読んでいたらしい。

彼女はウィルを見返し、得意げに頬杖を突くと、「かんたんな推理よ」と栞《しおり》をひらひら振った。

「掃除屋さんとこ、さっき眼鏡の人が来ていたでしょ」

「……よく見ているなア」

「私、物覚えには自信があるもの。あの人が来ると、たいてい誰かしら渋い顔して飛び出してくるのよ。本社かどこかの人?」

ウィルはあいまいにうなずき、「そんなものかな」と苦笑する。

J家の若き執事・東条《とうじょう》が事務所に押しかけてきたのは、先刻、ボンボン時計が三回鳴ったころだった。査察のつもりでいるのか、事前に連絡を寄こさないのはいつものことなのだが、今日は虫の居所が格別悪かったらしい。

おかげでウィルは第一の犠牲者と相成り、

——若槻《わかつき》さん、この杜撰極まりない伝票の起票者は誰です? ご覧なさい、捺印《なついん》漏れがこんなにも! 内訳も正確にと何度申し上げれば……これはまさしく監督不行き届きで……。

と、小言を延々浴びせられること小一時間。あげくの果てに、「私が直々に指導いたしますので」と事務所からも追い払われてしまった。

かくなるうえは、皆の無事をここから祈るしかない——のだが。

ぴたりと閉ざされた扉に軽く肩をすくめて、ウィルは次の調査資料を取り出す。運ばれてきたコーヒーを口に含み、はじめから目を通していく。

と、ふいに女給らの会話が耳に入った。

「やだ、雨? 暗くなってきちゃった」

「颱風《たいふう》でも来るんでしょうかね」

見れば、先刻までの茜《あかね》空が一転、今にも降り出しそうな雲行きだ。

灰色に覆われた天を仰いで、女給が物憂《ものう》げに硝子窓を閉める。それを漫然と眺めるうち、ウィルの意識は過去へと沈んでいく。

あるかなきかの雨音、冷え切った夜の空気まで、積み重なった記憶からにじみ出てくるようだった。

*

——さる御方が、あなたの腕を見込んで『ある組織の長に』と仰《おっしゃ》っています。

あれは、霧雨に濡れた夜。

数年ぶりに祖国の土を踏み、様変わりした帝都に若干戸惑いつつも、飛び交う日本語に馴染み始めたころだった。

ウィルはそのとき、翻訳仕事を打診するべく後輩の新聞記者を訪ねた帰りだったのだが、路傍にたたずんでいた蝙蝠傘《こうもりがさ》の男は、名乗りもせずに影の中から声を響かせた。

すっと背筋の通った長軀《ちょうく》。銀縁眼鏡の奥、感情の読めない瞳……。

一瞥してすぐ、それなりに身分ある者だとは察せられたものの、ここは場末の路地裏。

まともな話をする場所とは思えない。

ウィルは瞬時に判断を下し、無視して行き過ぎようとした。だがしかし、

――どうです若槻さん？……いや、詐欺師の若槻さんかな。

朗々とした声に肌が粟立った。

――……ハハ、私が詐欺師？　申し訳ないが、流行りの冗談には疎くてね。

反射的に愛想笑いが浮かんだのは、ほとんど詐欺師としての本能だ。

けれども男は無表情のまま、ウィルの行く手に立ち塞がると、織り込み済みだとばかりに言葉を継いだ。

伏せていたはずの経歴。

念入りに始末をしたかつての仕事――。

書面でも読み上げるがごとく易々と諳《そら》んじられ、ウィルは内心愕然とした。

信じられないことに、男はこちらの実績をほとんど正確に把握している。

だが、いったいどうやって？

調べようにも、ウィルが詐欺師としての才能を自覚したのは、十八で渡米してからのこと。必然、実績といえばすべて米国内での仕事で、日本国内での自分はいたってクリーンだ。

だというのに、在米中の仕事まで追って調べたのか。なぜ？　弱みを握って脅迫するた

め？　足がつくようなヘマはしていないはずだが……。疑問は次から次へと湧いて出る。

けれども、どれだけ混乱していようと、これだけは確信を持って云えた。

そんな芸当、生半可な権力でできるものではない――。

かつてない悪寒を覚え、ウィルは無言で身を翻した。しかし即刻、背中に声がかかった。

――ご心配なく。あなたをどうこうするつもりはありません。犯罪にまた手を染めろ、というのでもない。むしろその逆でしょうね。

思わず足を止め、背後を顧みる。

すると男は、蝙蝠傘を一度持ち替え、訴えるような目でこちらを見た。

――あなたのその類《たぐ》い稀《まれ》なる手腕を、帝都の治安のためにお貸し願いたい。

――……治安？

――そうです。さる御方――便宜上『J』と申し上げておきますが、Jがあなたに望んでいるのは、詐欺師としての才能、その一点だけ。組織運営に必要な資金はすべてJが工面します。その他の待遇についても、極力ご希望をうかがってくるよう云いつかっております。

ウィルは男を凝視しつつ、反応に窮していた。

帝都の治安のため、正体不明の何某《なにがし》に仕える……？

あまりに荒唐無稽《こうとうむけい》な話だ。一笑に付してやりたかったが、男の表情は真剣そのもの。これほど酷い冗談もないだろう。

——まさかとは思うが……足を洗ったばかりの一介の詐欺師に、世直しをせよとでも？

——そうご理解いただいても結構ですよ。

——……それで信じてもらえるなら、詐欺師にとっては住み良い世の中なんだが。

——説明不足は承知のうえです。けれどもJは、あなたはかならず引き受ける、と。

おのずと眉根が寄ったが、男はウィルを見据えて云い切った。

——『騙しの快感は麻薬以上』——それもJからの言づてでしてね。とくに幸か不幸か、才に恵まれたあなたのような人ならなおのこと。その快感を知ってしまったが最後、骨の髄まで囚われるのだそうです。水を切らしたら枯れる花のごとく、人を騙さなければ生きられなくなってしまう。

男はそこで言葉を切り、「……若槻さん」と静かに呼んだ。

——聡明なあなたなら、とうにお気づきなのではないですか。あなたほどの詐欺師が、今さら真っ当に生きられるものなのか。細々とした翻訳程度で満足できると本当にお思いか？

ウィルはうつむき、強張った顔をとっさに隠した。

けれども、為す術もなく引きずり出される。あの、米国での記憶の断片が。

狂騒に満ちた宴《うたげ》。縋るように何かを追い求め、札束《さつたば》の海にひたすら身を投じた日々。そして――

あア、と思った瞬間、湿った風が吹きつけ、歪んだ頬を冷たく濡らした。

殺伐とした荒野をさまよっていた自分を、愛情というあたたかな雫で満たしてくれた女《ひと》。

――誠一郎《せいいちろう》さん。

少し強気で、けれど優しい声が聞こえた気がした。

――人というのは、まっすぐ向き合ってこそですもの。……ねぇ、貴方《あなた》ならきっと、わかってくださるでしょう？

＊

気がつくと、カフェーの客は自分と千栄子だけになっていた。先刻のは通り雨だったらしく、窓硝子に雨粒だけを残し、あたりはすっかり明るい。

懐中時計に目を落とし、そろそろ頃合いかと腰を浮かしたとき、事務所の扉が勢いよく開いた。

「……ふむ」

出てきたのは東条だったが、その顔つきは険しい。氷雨《ひさめ》の中、自分と渡り合える彼でも、問題児たちの相手は骨が折れるらしい。

その問題児たちにも、健闘をたたえて何か差し入れようか。

ウィルは苦笑しつつ、なんとなしに東条を目で追っていたのだが、彼が窓際を行き過ぎるとき、ふいにそれに気づいた。

銀縁の眼鏡を押し上げる間際、ほんのごく一瞬、千栄子と視線を交わしたように見えたのだ。

――思い過ごしか？　だが……。

店から出ていく東条を見送り、ウィルは千栄子の横顔を盗み見た。

そういえば、彼女が通っているのは才媛の多さで知られるミッション系女学校だった。たしか母親がクリスチャンだとも云っていたから、その影響だろう。

彼女はウィルが米国帰りだと知るや、現地の話――とくに宗教事情を好んで聞きたがったのだが、あるとき理由を尋ねると、彼女は少し首をかしげてこう云った。

――クリスチャンだからというより、教養としての興味かな。大きな声じゃ云えないけど、私は神社仏閣にもお参りするし、信仰としてはすごく半端なの。……あ、でもね！　私もこう見えて、赤ん坊のころに幼児洗礼を受けてるのよ。洗礼名、知りたい？　Johanna《ヨハンナ》っていうんだけど……

耳によみがえった千栄子の声に、どくん、と心臓が呼応する。

Johanna——

その頭文字は、J？

「……まさかな」

ウィルは大きくかぶりを振り、胸のざわつきを黙殺した。

つい裏を読もうとしてしまうのは僕の悪い癖だ。そう自戒しながら千栄子に意識を戻すと、彼女は瞬きも忘れて本に没頭している。その真剣さが、ウィルの目には微笑ましく映る。

そうこうするうち、新たな客が往来のざわめきを運んできて、ウィルは組んでいた脚を解いた。

僕もそろそろ戻るとしようか。……あア、だがその前に。

「人数分のチョコレート、出前を頼むよ」

近くにいた女給ににこっと笑いかけると、ウィルは涼やかに革靴を鳴らし、仲間の待つ事務所へと歩き出した。


〈了〉

本書は書き下ろしです。

この物語はフィクションです。実在の
人物・団体とは一切関係ありません。

〈著者紹介〉

徳永 圭（とくなが・けい）

1982年愛知県生まれ。2011年『をとめ模様、スパイ日和』（産業編集センター）で第12回ボイルドエッグズ新人賞を受賞しデビュー。著書に『ボナペティ！ 臆病なシェフと運命のボルシチ』（文藝春秋）、『XY』（角川文庫）、『カーネーション』（KADOKAWA）、『片桐酒店の副業』（角川文庫）、『その名もエスペランサ』（新潮社）など。

帝都上野《ていとうえの》のトリックスタア

2021年6月15日 第1刷発行　　定価はカバーに表示してあります

著者……………………徳永《とくなが》 圭《けい》

発行者……………………鈴木章一

発行所……………………株式会社 講談社

〒112-8001 東京都文京区音羽2-12-21

編集03-5395-3510

販売03-5395-5817

業務03-5395-3615

KODANSHA

本文データ制作…………講談社デジタル製作

印刷……………………豊国印刷株式会社

製本……………………株式会社国宝社

カバー印刷……………株式会社新藤慶昌堂

装丁フォーマット………ムシカゴグラフィクス

本文フォーマット………next door design

ISBN978-4-06-523774-8　N.D.C.913　324p　15cm

講談社
タイガ

斜線堂有紀

詐欺師は天使の顔をして

イラスト
Octo

一世を風靡《ふうび》したカリスマ霊能力者・子規冴昼《しきさえひる》が失踪《しっそう》して三年。ともに霊能力詐欺《さぎ》を働いた要《かなめ》に突然連絡が入る。冴昼はなぜか超能力者しかいない街にいて、殺人の罪を着せられているというのだ。容疑は〝非能力者にしか動機がない〟殺人。「頑張って無実を証明しないと、大事な俺が死んじゃうよ」彼はそう笑った。冴昼の麗《うるわ》しい笑顔に苛立ちを覚えつつ、要は調査に乗り出すが——。

講談社
タイガ

阿津川辰海

紅蓮館の殺人

イラスト
緒賀岳志

山中に隠棲《いんせい》した文豪に会うため、高校の合宿をぬけ出した僕と友人の葛《かつら》城《ぎ》は、落雷による山火事に遭遇。救助を待つうち、館に住むつばさと仲良くなる。だが翌朝、吊《つ》り天井で圧死した彼女が発見された。これは事故か、殺人か。葛城は真相を推理しようとするが、住人と他の避難者は脱出を優先するべきだと語り——。

タイムリミットは35時間。生存と真実、選ぶべきはどっちだ。

講談社タイガ

御子柴シリーズ

似鳥 鶏

シャーロック・ホームズの不均衡

イラスト
丹地陽子

両親を殺人事件で亡くした天野直人《あまのなおと》・七海《ななみ》の兄妹は、養父なる人物に呼ばれ、長野山中のペンションを訪れた。待ち受けていたのは絞殺事件と、関係者全員にアリバイが成立する不可能状況！推理の果てに真実を手にした二人に、諜報機関が迫る。名探偵の遺伝子群を持つ者は、その推理力・問題解決能力から、世界経済の鍵を握る存在として、国際的な争奪戦が行われていたのだ……！

講談社タイガ

閻魔堂沙羅の推理奇譚シリーズ

木元哉多

閻魔堂沙羅の推理奇譚

イラスト
望月けい

俺を殺した犯人は誰だ？　現世に未練を残した人間の前に現われる閻魔《えんま》大王の娘――沙羅《さら》。赤いマントをまとった美少女は、生き返りたいという人間の願いに応じて、あるゲームを持ちかける。自分の命を奪った殺人犯を推理することができれば蘇り、わからなければ地獄行き。犯人特定の鍵は、死ぬ寸前の僅かな記憶と己の頭脳のみ。生と死を賭けた霊界の推理ゲームが幕を開ける――。

講談社
タイガ

虚構推理シリーズ

城平 京

虚構推理短編集
岩永琴子の出現

イラスト
片瀬茶柴

妖怪から相談を受ける『知恵の神』岩永琴《いわながこと》子《こ》を呼び出したのは、何百年と生きた水神の大蛇。その悩みは、自身が棲まう沼に他殺死体を捨てた犯人の動機だった。――「ヌシの大蛇は聞いていた」

山奥で化け狸が作るうどんを食したため、意図せずアリバイが成立してしまった殺人犯に、嘘の真実を創《つく》れ。――「幻の自販機」

真実よりも美しい、虚《うつ》ろな推理を弄ぶ、虚構の推理ここに帰還！

講談社タイガ

井坂 暁

僕は天国に行けない

イラスト

くっか

「死んだらどうなるのかな、人って」親友の殉《じゅん》にそう聞かれた。俺は何も言えなかった。だって彼は、余命あと数ヶ月で死ぬ。翌日、殉は子供を助けようと溺死《できし》した。謎の少女・灯《ともり》は、これはトリックを用いた自殺だと告げ、俺に捜査を持ちかける。今なら分かる。灯との関係は恋じゃなかった。きっともっと切実だった。生きるために理由が必要な人に贈る、優しく厳しいミステリー。